Şiro Hama ...)

Savcı, dedek ... ı büyük aile-lerinden biri ... Üniversitesi (şimdiki Tok ... kanı ve Tokyo Güzel Sanatlar Okulu'nun kurucusu Vikont Arata Hamao'nun kızıyla evlendi ve Hamao soyadını aldı. 1925'te Arata öldükten sonra da vikont oldu. Aynı yıl, 29 yaşındayken, Tokyo Bölge Mahkemesinde savcılık görevini üstlendi. Üç yıl sonra buradan istifa edip kendi hukuk bürosunu açtı ve dedektif öyküleri yazmaya başladı. Bu eylemi, yakınları tarafından prestijli bir görevi bırakıp "edebiyat sayılmayacak" türde öyküler yazdığı söylenerek eleştirildi. Yazdığı dedektif öyküleri, avukatlık ve savcılık deneyimleri sayesinde gerçeğe oldukça yakındı ve eserlerinde Arthur Conan Doyle ve Edgar Allan Poe etkileri görülüyordu. Hamao aynı zamanda bir eşcinsel hakları savunucusuydu ve eserlerinde eşcinsellik önemli yer tutuyordu ki Japonya'nın en ünlü polisiye yazarı Edogava Ranpo, Hamao için, "Homoseksüellik konusunda her şeyi ondan öğrendim," diyecekti. Gizem ve gerilim unsurlarının yanında iki dünya savaşı arası dönemdeki Japon toplumunun hayatını canlı bir şekilde resmeden Hamao, klasik Japon polisiyesinin Ranpo'yla birlikte en önemli isimlerindendir.

ithaki

Şeytanın Çırağı
Şiro Hamao
Orijinal Adı: 悪魔の弟子

İthaki Yayınları - 2020
Japon Klasikleri - 3

Yayın Yönetmeni: *Alican Saygı Ortanca*
Sanat Yönetmeni: *Hamdi Akçay*

Dizi Editörü: *Ömer Ezer*
Yayıma Hazırlayan: *Ebru Sarıkaya*
Düzelti: *Ömer Ezer*
Kapak İllüstrasyonu: *Şotei Takahaşi*
Kapak Tasarımı: *Hamdi Akçay*
Sayfa Düzeni ve Baskıya Hazırlık: *Mehmet Büyükturna*
17. Baskı, Mayıs 2023, İstanbul
ISBN: 978-625-8475-41-8
Sertifika No: 63989

İthaki™ İthaki Yayıncılık Basın Sanayi ve Ticaret A.Ş.'nin tescilli markasıdır.
Caferağa Mah. Neşe Sok. 1907 Apt. No: 31 Moda, Kadıköy - İstanbul
Tel: (0216) 348 36 97 Faks: (0216) 449 98 34
editor@ithaki.com.tr – www.ithaki.com.tr – www.ithakiyayingrubu.com

Kapak, İç Baskı: Deniz Ofset Matbaacılık
Maltepe Mah. Hastane Yolu Sok. No: 1/6, Zeytinburnu-İstanbul
Tel: (0212) 613 30 06 denizmatbaamucellit@gmail.com
Sertifika No: 48625

ŞİRO HAMAO

ŞEYTANIN ÇIRAĞI

Japoncadan Çeviren
Nilay Çalşimşek

ithaki

Japonca İsimlerin Yazılışı ve Telaffuzu Hakkında

Japoncada kişi isimleri soyad, ad sırasıyla yazılır. Yazarın adı Japoncada Hamao Şiro olarak yazılır, yani adı Şiro, soyadı Hamao'dur. Türkçe sıralamayla Şiro Hamao şeklindedir. Aynı şekilde öyküdeki ana karakterlerin adı, Türkçe sıralamasıyla ilk öyküde, Hachirō Tsuchida, Eizō Shimamura ve Sueko İshihara; ikinci öyküde ise, İchirō Ōdera, Seizō Oda, Michiko Oda, Gō Tomoda'dır. Eserde kişi isimleri Türkçe sıralamaya uygun olarak yazılmıştır.

Japoncada, "-san" saygı belirten bir ek olup, cinsiyetten bağımsız olarak kişinin soyadının arkasına eklenir. Genellikle ilk tanışmada, resmi ve mesafeli ilişkilerde kişinin soyadının sonuna "-san" eki eklenir: Tsuchida-san, Ōdera-san vb. İnformal ve daha samimi ilişkilerde ismin sonuna -san eklendiği durumlar da vardır: İchirō-san gibi. Bu ek ayrıca, mesleklerin sonuna eklenerek de kullanılır: isha–san (doktor-san), honya-san (kitapçı-san) vb. Öte yandan yakın ilişkiler, aile ilişkileri veya kendinden aşağı olan kişiler (hizmetli vb.) ile konuşurken, isim veya soyadın arkasına -san eklemeden hitap edildiği durumlar da vardır.

Japonca karakterlerin latin harfleriyle yazımında, dünyada en yaygın olarak Hepburn Sistemi kullanılır. Eserde Japonca kelimelerin, kişi ve yer isimleri de, Hepburn sistemiyle yazılmıştır. Hepburn Sistemi'nde Türkçe ile benzeşen veya farklı okunuşu olan sesler bulunur. Örneğin, üzerinde çizgi bulunan *ō* ve *ū* seslerinin okunuşu, Türkçedeki dağ, yağ, yanardağ gibi kelimelerindeki *ğ* sesinin telafuzu gibidir. Ōmiya: Oğmiya, Hachirō: Hachiroğ, Eizō: Eizoğ, Seizō: Seizoğ, Ōbei: Oğbey vb.

Ayrıca, ch:ç, sh:ş, j:c, w:v, ai/ei: ay/ey olarak okunur. Buna uygun olarak eserdeki karakterlerin isimleri –Türkçe sıralamayla– şöyle telafuz edilir: Hachirō Tsuchida: Haçiroğ Tsuçida, Eizō Shimamura: Eizoğ Şimamura, Sueko İshihara: Sueko İşihara, Gō Tomoda: Goğ Tomoda, İchirō Ōdera: İçiroğ Oğdera, Michiko Oda: Miçiko Oda, Jinbei: Jinbey vb.

Japoncadaki *tsu* sesi ise, Türkçede bulunmayan ve oldukça zor tealfuz edilen bir sestir. *Tsu* sesi, kapalı olan ön dişler arasından tıslar gibi çıkarıldığında, Japoncadaki telafuzuna yakın bir ses elde edilir.

İÇİNDEKİLER

ŞEYTANIN ÇIRAĞI

I

XXX Bölge Mahkemesi Savcısı

Sayın Hachirō Tsuchida,

Yargılanmayı bekleyen bir mahkûm olan ben, Eizō Shimamura, bu mektubu eski dostum ve bir zamanlar bana kardeşten de yakın olan siz, Savcı Tsuchida'ya gönderiyorum.

Sayın Savcı, elbette beni hatırlıyorsunuz, değil mi? Davam başka bir savcı tarafından incelemiş ve ardından sorgu hâkimliğine sevkedilmiş olsa da toplumda büyük tartışma yaratan şu güzel kadın cinayetinin şüphelisi olarak adım tüm gazetelerin manşetlerine çıkmıştı. Ve benim yargılandığım mahkemede görevli olduğunuz için bu olayda adımın geçtiğini görmemiş veya duymamış olma ihtimaliniz yoktur.

Eğer benimle görüşmeyi kabul etseydiniz, bu mektubu yazmama gerek kalmayabilirdi. Eski dostumun şu anda bulunduğum cezaevinin bağlı olduğu mahkemede çalıştığını daha önce hatırlamış olsaydım, bu kadar uzun bir süre acı çekmeme gerek kalmayabilirdi. Böylece bu mektupta anlatacağım korkunç ve tuhaf tecrübeleri çok daha önce açıklayabilirdim.

Sayın Savcı Tsuchida, bir katil zanlısı olarak burada tutuluyorum. Fakat belki de aslında katil ben değilim. Evet. Belki. Böyle söylemek zorunda kaldığım için üzgünüm.

Bu şekilde tuhaf bir ifade kullanmak zorunda olduğum için kendimi kötü hissediyorum. Ancak bu mektubu sonuna kadar okursanız kesinlikle ne demek istediğimi anlayacaksınız.

Şimdi anlatacağım korkunç olaylar, sizinle tamamıyla alakasız değil. Hayır, aslında bana acı çektiren kişinin siz olduğunuzu dahi söyleyebilirim. Ve şüphesiz, yine sizden başka hiç kimse, benim çektiğim acıyı anlayamaz. Bu yüzden bir yandan size karşı kin besliyorum. Lanet ediyorum. Fakat aynı zamanda size yalvarıyorum. Size güveniyorum. O hiçbir şeyle kıyaslanamayacak kadar derin dostluğumuz adına, söylediklerime inanın lütfen.

2

Tsuchida-san.

Size böyle hitap etmeme izin verin lütfen. Böyle hitap etmem sanırım sorun olmayacaktır.

Tsuchida-san, bir an için bir savcı olarak o muhteşem meslek bilincinizi kenara bırakıp on küsur yıl öncesini düşünün lütfen. Öğrencilik günlerimizi; ortaokuldan mezun olup bir sonraki güçlüğü aştığımız o gözyaşlarıyla dolu heyecanlı anılarımızı ve öğrenci yurdundaki zamanlarımızı hatırlayın.

Biz çok yakın arkadaştık. Hatta arkadaştan da fazlası değil miydik? Siz neredeyseniz ben de orada olurdum ve ben nereye gitsem siz de orada olurdunuz; öyle değil mi? Yurttaki öğrenciler ikimize *paar** diye isim bile takmışlardı.

Siz benden üç yaş büyüktünüz; ağabeyimdiniz. Ve o ağabey, bir küçük kardeş istiyordu. Diğerinden genç olan –neredeyse çocuk denebilecek olan– ben, sizin güçlü kişiliğiniz tarafından baskılanmış ve kısa zamanda biricik küçük kardeşiniz olmuştum. Bunu kesinlikle unutmuş olamazsınız.

Yalnızlığımı gerçekten anlayan birini bulduğumu dü-

* (Alm) Paar: çift. *–çn*

şünmüştüm. Dahası beni seviyordunuz. Ben de sizi, hem ağabey hem de sevgili gibi hissettim.

Benden bir üst sınıfta olduğunuz için dersler konusunda da daima bana rehberlik ettiniz. Üstelik harikaydınız. Size saygı duydum ve yaptığınız her şeyin doğru olduğuna inanmaya başladım.

Bu tutkulu arkadaşlık iki yıl boyunca devam etti. Bizim için karşı cins hiçbir anlam ifade etmiyordu. Siz iki yıl sonra, benden önce mezun oldunuz ve en iyi okullardan birine girdiniz. Peki sonra bize ne oldu?

Birdenbire ayrıldık. Her şey çok ani oldu. Ve sonrasında, birbirimizi neredeyse hiç görmedik bile. Tsuchida-san, bunun sebebi elbette ki sizdiniz. Çünkü benim bir alt sınıfımdaki güzel bir gence tutkuyla âşık olmuştunuz.

Uçarılığınız yüzünden bir kenara attığınız küçük kardeşinizin neler hissettiğini hiç düşündünüz mü?

Birbirimizi sevdiğimizi ve anladığımızı sanmıştım. Arkadaşlığımızın sonsuza dek süreceğine inanmıştım. Ve siz beni umursamaz olduktan sonra, elbette ki bir süre yalnızlığımla baş başa kaldım.

Yalnızlığın içinde dikkatle kendime baktım. Orada net bir biçimde kendimi gördüm ve o gördüğüm "ben" yüzünden sizden tüm kalbimle nefret edip beddua etmekten başka bir seçeneğim yoktu.

Kendini beğenmiş ve bencil biri olarak, sözlerimi işinize geldiği gibi yorumlayacağınızdan şüphem yok.

Sevdiği erkek tarafından terk edilmiş ve duygusuzluğu yüzünden ondan nefret eden bir kadını hayal ederek size özgü o şeytanî gülüşünüzü takınacağınıza eminim. Fakat öyle düşünmemelisiniz. Çünkü sizden nefret etmemin bambaşka bir sebebi var.

Gerçekten de biz bir anlamda sevgiliydik. Ve hiç şüphesiz, ben o sevgili tarafından terk edildim. Fakat sizden ayrıldıktan sonra kendi benliğime bakmayı başarabildiğim gibi aynı zamanda sizin içinizi de gördüm.

Tsuchida-san. Tek bir cümleyle söyleyeceğim. Siz bu dünyadaki en tehlikeli insansınız.

Siz şeytansınız. İnsanların sadece etini yemekle yetinmeyen, ruhlarını da cehenneme düşürene dek durmayan korkunç bir şeytansınız.

Siz yetenekli bir dâhiydiniz. Nadir görülen keskin bir zekânız vardı. (Ve muhtemelen şimdi de öyledir.) Fakat siz o zekânız ve o tatlı dilinizle size yaklaşan gençlere neler yaptınız, neler öğrettiniz? En azından beni, kişiliğimi nasıl değiştirdiğinizi bir kez olsun düşündünüz mü?

Tutkuyla konuşuyor, gözyaşları içinde vaaz veriyordunuz. En mantıksız şeyler bile sizin ağzınızdan çıktığında kulağa mantıklı geliyordu. En boş ve asılsız sözler bile son derece akılcı geliyordu. Fakat nihayetinde tüm bunlar neydi? Sadece sizin etrafınızı saran saf ruhları yoldan çıkarıp mahvetmekten ibaret değil miydi?

Sizinle ilk tanıştığımda, saf ve masum bir çocuktum. Sizinle ayrıldığımız zaman, ne yazık ki, artık şeytanın çırağıydım.

Sık sık derdiniz ki: "Hayat güller serpilmiş bir yol değildir. Bir savaştır; savaşmalıyız."

Fakat sizi harekete geçiren şey aslında savaş değil, yıkımdı. Yıkım arzusuydu. Her şeyi yıkıp yok etmekten mutluluk duyuyordunuz. Sizi seven gençlere acı ve ıstırap çektirip sonunda onları mahvetmeden rahat edemiyordunuz. Buna karşılık, siz kesinlikle yıkılmadınız. Bu korkunçtu. Tehlikeliydi.

İçkinin tadını bilmeyen çocuklara içki içirip acı çektirmeyi ve sonra onların acı çeken hallerini izlemeyi istiyorsunuz. Üstelik bu kadarla da kalmıyor, onların alkolizmin pençesine düşüp mahvolup gittiklerini izleyerek mutlu olmak istiyorsunuz. Buna karşılık, siz asla elinize kadeh almazsınız.

Eğer içki içip fahişelere para ödeyen bir serseri olsaydınız, belki de bir tehlike söz konusu olmazdı. Çünkü o zaman herkes sizi aşağılar, hor görürdü. Fakat sizin kusursuz ve yüksek ahlâklı olduğunuz (üstelik kadınlardan uzak durma sebebiniz kesinlikle ahlaki değildi), hatta yetenekli bir dâhi olduğunuz söyleniyordu. İşte tehlike buradaydı. O her şeyden habersiz, iyi huylu çocukların hepsi size inandı. Sizin çırağınız oldu. Peki sonra onlara ne oldu? Tsuchida-san, benim dışımda, sizin tarafınızdan sevilmiş bir genç tanıyorum. Ve ona neler olduğunu da biliyorum.

Bilgi için ruhumu sattım. Sizin tuhaf aşkınız yüzünden bedenimi feda etmiş olmaya katlanacağım; fakat ruhumu sattığımı düşününce, dayanılmaz bir pişmanlık hissediyorum.

Tsuchida-san, sanırım nefretimi uzun uzun anlatıp biraz abarttım. Ancak bunlar anlatmakla bitmez. Bu mektubu yazmamın amacı, daha önce de söylediğim gibi, sadece sizi suçlamak değil. O yüzden, bir an önce konuya gireyim.

3

Sizi suçlamak için değil fakat açıkça söylemem gereken bir şey var ki o da sizin kişiliğimi ne kadar değiştirdiğinizdir.

Sizinle okulun bahçesinde ilk karşılaştığımızda, bir böceği bile öldüremeyecek kadar zayıf bir çocuktum. Fakat ondan sonra, her karşılaşmamızda bana durmaksızın korkunç hikâyeler anlattığınızı hatırlıyor olmalısınız. O zamana kadar korku, tuhaflık ya da suç gibi konulara karşı bütünüyle ilgisiz olduğuma eminim.

Oysa, siz bunu son derece çekici bulduğunuz için beni bu konularla ilgili birçok edebiyat eseri ve bilimsel çalışmayla tanıştırdınız. Şimdi düşünüyorum da bana kendi zevklerinizi dayatarak o zehirli içkiyi içirmek, sanırım zaten sizin zevk aldığınız şeyin ta kendisiydi. Fakat ben her şeyden habersiz, sadece sizin söylediklerinize inanıyordum.

O zamanlar korku ve suç konulu kitaplar bugün olduğu kadar çok çevrilmiyordu Japoncaya. Bu nedenle, bunları bilmek istiyorsak, orijinalini okumaktan başka seçeneğimiz yoktu. Ve siz, o günlerde hiç bilmediğim Poe, Doyle, Freeman ya da Krafft-Ebing gibi yazarların eserlerini bulup getirerek, sözde dil öğrenmek bahanesiyle bana vermediniz mi? Ayrıca Carpenter'ı anlatıp Whitman'dan bahsettiniz ve Montaigne'i tanıttınız bana. Bu şekilde, akla gelebilecek her tür silahla saldırıya uğrayıp sizin tarafınızdan şeytanın felsefesini inşa etmeye zorlandım. Suç ve tuhaflıklarla uyarılırken, aynı zamanda sizin oyuncağınız oldum.

Tsuchida-san, ben kesinlikle kurbanlarınızdan biriyim. Ve sizin zekânız, tutkunuz, detaylardaki titizliğiniz, ayrıca bazı durumlardaki şaşırtıcı sakinliğinizden yoksun olduğum için mükemmel bir şekilde hayatın bana kurduğu tuzağa düşüverdim.

Sevinin lütfen. Sizin oyuncağınız olmakla kalmadım, şimdi bir de bu hapishanede acı çekiyorum. Oysa ustam olan siz, yeteneğiniz ve zekânızla, tek bir kez bile tökezlemeden yaşamınızı sürdürdünüz. Tüm kalbimle size saygı ve hayranlık duyuyorum. Ve aynı zamanda, sizin gibi tehlikeli bir insanı durdurmayı beceremeyen bu ülkenin kanunlarının yetersizliğini düşünmeden edemiyorum.

Siz savcısınız, ben suçluyum. İkimiz için ne kadar da uygun roller, değil mi? Yani siz de ben de hayatımız boyunca suçtan uzak kalamayacak insanlarız.

Uzun uzadıya tekrarladığım bu suçlamalardan dolayı kendi suç hikâyemi neden özellikle size anlatmak istediğimi anlamış olmalısınız. Çocukluk yıllarımda sizinle karşılaşmış olmasaydım, hiç şüphesiz şimdi burada olmayacaktım. Siz, bana suçu öğreten insan değilsiniz; siz, bana bir suçlunun kişiliğini kazandıran insansınız. Her şeyden önce bunu söylemek istedim.

Hatırlamanızı istediğim bir diğer konu, tutkulu arkadaşlığımızdan bahsettiğimiz o sonbahar akşamıdır – sanırım siz de hatırlıyorsunuzdur. Eğer hafızam beni yanıltmıyorsa, o zamanlar okullar eylül ayında açılıyordu. Okula yeni başlamıştım. Hâlâ giriş sınavlarının stresi yüzünden yorgundum ve bunun sonucu olarak hafif bir depresyon geçiriyordum.

Özellikle de bir türlü alışamadığım yurt hayatı yüzünden, neredeyse her geceyi uykusuz geçiriyor ve ertesi gün perişan bir ruh hâli içerisinde derse giriyordum.

10 Ekim gecesiydi. O gece de yine uyuyamamıştım. Gece yarısı saat iki civarı okulun bahçesine indim. Karanlık bahçedeki sonbahar otlarının arasında, ansızın bir gölge fark ettim.

O sizdiniz.

Siz ve ben, o zamana kadar bir kez bile konuşmamıştık. Fakat gece yarısı saat ikide, sonbahar otlarının yeşerdiği okul bahçesinde karşı karşıya gelen iki yurt öğrencisinin sohbet etmesi, kesinlikle tuhaf bir şey değildir. Doğal olarak biz de konuşmaya başladık. Size ilk söylediğim şey, son bir aydır geceleri uyuyamadığım ve yatakta dönüp durarak sabahladığımdı. Sözlerimden çok etkilendiniz. Siz de iki yıldır uykusuzluk çekiyordunuz. Karanlık gökyüzünün altında, sohbetimiz uykusuz geceler konusuna yöneldi ve sohbet ilerledikçe daha da yakınlaştık. Gün ağarırken, çok güzel bir dostlukla birbirimize bağlanmıştık.

Ancak ne yazık ki, bu ıstırap veren hastalık konusunda bile size benzemeye başlamıştım. Sizinle her karşılaşmamızda çektiğim acıdan dert yanıyordum. Bromal, Adalin, Veronal gibi isimleri o zamanlar öğrendim ve kullanmaya başladım. Elbette bu da sizin rehberliğiniz altındaydı.

Sonuçta bu eğitim, gerçekten lanetlenmesi gereken bir şey doğurdu (bunu daha sonra açıklayacağım). Fakat bu sizin her zamanki eğitiminizden farklıydı; siz kendiniz de bu eğitimin kurbanı olmuş gibiydiniz. Geçenlerde bir arkadaşımdan duydum; şimdilerde korkunç miktarda güçlü ilaçlar almadan uyuyamıyormuşsunuz. İşte o acı. Özellikle bilmenizi istediğim şey, o acıdır.

Tsuchida-san, neden ilaçlar hakkında konuştuğumu elbette anlamışsınızdır. Çünkü bildiğim kadarıyla, sevgilim Sueko İshihara'yı yüksek dozda güçlü ilaç (tam olarak uyku ilacı) vererek öldürdüğüm gerekçesiyle hâlâ bu hapishanede tutuluyorum.

Şimdiye kadar, sadece önceden bilmenizi istediğim şeyleri kabaca yazdım. Bundan sonra işlediğim ve işlemediğim suçu yazacağım. Benim yalan söylemeyeceğimi biliyor olmalısınız. Bir kez daha arkadaşlığımızın hatırına size sesleniyorum. Bana inanın lütfen.

4

Olanları sıralamak için önce sizinle ayrıldıktan sonrasıyla başlamalıyım. Daha önce de söylediğim gibi bizim o tutkulu arkadaşlığımız, sizin üniversiteye başlamanızla birdenbire kopuverdi. O zamanlar ben yirmi, siz ise yirmi iki yaşındaydınız.

Siz, benden daha genç ve güzel bir oğlana gönlünüzü kaptırdıktan sonra kendimi bir süre yalnızlığın tam ortasında buldum. Aynı zamanda, yine daha önce söylediğim gibi sizin ruhunuzun zaten içime üflendiğini keşfettim.

O yılın sonbaharıydı. Sueko İshihara adlı güzel bir kızla tanıştım.

Tsuchida-san, her bakımdan sizin çırağınız olmama rağmen, sadece duygusallık konusunda sizi tam anlamıyla benimsememiş gibiydim. Sueko'ya karşı tutkulu bir aşk hissettim.

Başkalarının aşk hikâyesini dinlemek hiç de ilginç değil. Özellikle de sizin gibi karşı cinse en ufak bir ilgi bile duymayan, duygusallıktan nefret eden biri için kırık kalp hikâyeleri daha da sıkıcı olsa gerek. O yüzden, mümkün olduğunca basit bir şekilde, konunun ana hatlarını yazacağım.

O zamanlar, benden iki yaş küçük olan Sueko, on sekiz yaşındaydı. XXX Kız Okulu'nda öğrenciydi. Onu ilk gördüğümde, Ueno'daki Müzik Okulu'nun konferans salonundaydık. Hatırlıyorsunuz, değil mi? O günlerde, Ueno'da her cumartesi düzenlenen konserler neredeyse Tokyo'daki yegâne yasal müzik etkinliğiydi. Bunun dışında, bir de eskiden derebeyi olan ünlü bir ailenin sponsor olduğu konserler vardı sanırım. Fakat siz aristokratlara karşı antipati duyduğunuz için bir kez olsun beni o konserlere götürmemiştiniz.

Sueko ve ben, o cumartesi konserlerinin sadık dinleyicileriydik. Hiçbirini kaçırmazdık. Şimdi onunla nasıl tanıştığımızı uzun uzun anlatmayı bir kenara bırakalım. O sonbahardan itibaren, eskiden bizim aşkımızı konuştuğumuz Ueno'daki koru, şimdi Sueko'yla benim aşkımızı paylaştığımız yer olmuştu. İlk kez karşı cinsi sevmeyi öğrenen ben, onu her şeyimle sevmiştim. O da bana karşı oldukça ilgili görünüyordu.

Eğer bu ilişki mutlu bir şekilde ilerlemiş olsaydı, belki de içime akıttığınız o korkunç yılan zehrini vücudumdan atabilirdim. Sizin asla bilemeyeceğiniz, bir kadının güzelliğini ve asaletini bilen benim için hiç şüphesiz Sueko bir kurtarıcı tanrıydı.

Ancak bu aşkın sonu gerçekten talihsiz oldu. Üstelik bu talihsizlik umduğumdan çok daha erken geldi. O yılın sonunda, Sueko'nun müstakbel kocası çoktan kararlaştırılmıştı.

Bu, Sueko'nun arzusu olsun veya olmasın –ki Sueko o zamanlar ailesi için kendini feda ettiğini söylüyordu– benim için hiç fark etmezdi. Mesele şuydu ki; Sueko benim yerime bir başkasını koca olarak seçmişti. Öfkeliydim. Üzgündüm. Ve kadınlara lanet ettim. Tsuchida-san, o anda şimdiye kadar söylediğiniz sözler, yeniden benim üzerimde etkili olmaya başladı. Bütün kadınlara lanet ettim.

Sonrasında olanları anlatmak benim için çok zor. Yetenekli ve zeki olarak görülen ben, her türlü zevkin peşinden gidip yolumu kaybederek yurt öğrencilerinin imajını zedelediğim için çok sert yaptırımlarla karşı karşıya kaldım. Fakat bunun ne önemi vardı ki? Benim acımı anlamayan arkadaşlarımın uyarılarının ne değeri olabilirdi? Yirmi birime bastığım yılın baharında okulu bırakmak zorunda kaldım.

O zamana kadar sizin sayenizde benim zeki, iyi huylu ve erdemli bir genç olduğum söylenirken, değişimim artık öylesine şiddetliydi ki; bana inanıp güvenen hocam bir süre ara vermemi ve sonra okula devam etmemi tavsiye etti. Fakat benim kesinlikle öyle bir niyetim yoktu. Kararlı bir şekilde, o üzerinde iki beyaz çizgi bulunan bir zamanlar imrendiğim okul şapkamı fırlatıp attım ve okulun kapısından çıktım. Herkesin güzelliğiyle kendinden geçtiği yurt bahçesindeki kiraz çiçeklerinin bahar esintisiyle sanki yanarcasına, çılgın gibi sağa sola uçuştuğu zamanlardı.

Ailem bu ani davranışım karşısında şaşkına dönmüştü. Gözyaşları içinde tekrar düşünmemi istediler. Ancak artık pişmanlık duymadığım için okula geri dönmeye hiç niyetim yoktu. En sonunda ailem öfkelendi ve beni eve döndürmeye çalıştılar. Oysa bir kez sizin şeytanî felsefenizi öğrenen biri, nasıl olur da yeniden, ailesinin yaşadığı o sade ve gösterişsiz taşra toprağına ayak basabilirdi ki? Kararlılıkla onları reddedip bu uçsuz bucaksız koca Tokyo'da amaçsızca yaşamaya başladım.

Sonraki birkaç yıl boyunca her türlü işe girdim. Bir seferinde, bir dergide çeviri departmanında yardımcılık yaptım.

Bir başka seferinde, filmlere senaryo yazma işini üstlendim. Böylece Tokyo'yu bir uçtan bir uca dolaştım.

Bu dönemde zar zor karnımı doyuruyordum. Fakat buna rağmen kesinlikle ara vermediğim iki şey vardı: biri alkol, diğeri de uyku ilacı. Alkol miktarını artırdıkça uyku ilacının dozunu da artırdım. Özellikle de Sueko'yu kaybettiğimde açılan yaralardan kaçabilmek için yaşadığım perişan hayat tarzı yüzünden geceleri neredeyse hiç uyuyamıyordum. Bir seferde aldığım ilaç miktarı, zaten o zaman bile normal bir insanın içtiğinin iki katı olduğu hâlde, yine de yetmiyordu.

O zamandan bu yana aşağı yukarı sekiz yıl geçti. Sürekli kullandığınızda, aldığınız ilaç miktarının zamanla nasıl arttığını elbette ki kendi deneyimlerinizden biliyorsunuzdur. Son zamanlarda içtiğim uyku ilacı miktarı, sizin gibi sürekli ilaç kullanan biri için tam kararında olsa da bir başkası için kesinlikle ölümcül olurdu.

Şimdi hikâyeye geri dönersek; Sueko'yu kaybeden ve okulu bırakan ben, eski okul arkadaşlarımın gitgide yükselip iyi yerlere geldiğini duyarken, sürekli daha da dibe batıyordum. Bundan tam iki yıl önce bir kadınla birlikte yaşamaya başladım. O benim şimdiki karım –dün ilk kez görüş izni verildiği için beni ziyarete gelen karım– Tsuyuko. Bu görüşmenin benim kaderim için ne büyük bir anlam taşıdığını daha sonra anlayacaksınız.

O, elbette ki eğitimli bir kadın değil. Aslında kenar mahallelerdeki kafelerden birinde çalışıyordu. Benden iki yaş küçüktü ve içmeye gittiğim zamanlarda yakınlaşmıştık. Tsuyuko beni seviyordu. Ben ise ona âşık değildim. Gerçekten sadıktı. Nazikti. Ve nihayet iki yıl önce evlenip birlikte yaşamaya başladık. Bu evlilik –en azından benim açımdan–

bir aşk evliliği değildi. Onun sadakati, nezaketi, bedeni ve az miktardaki birikmiş parasına ihtiyacım olduğu içindi. Tsuchida-san, bunu hiç utanmadan söylüyorum. Ben küçük bir şeytandım. Fakat kendimi geliştirip daha büyük bir şeytan olabilmek için bir veya iki kadını feda etmenin yanlış bir tarafı yok, değil mi?

Kimsesi olmayan Tsuyuko'nun güvenebileceği tek kişi bendim. Evlendikten sonra da son derece itaatkâr, iffetli ve iyi bir eşti. İçki içip fahişeleri eve getirdiğimde bile tek kelime şikâyet edemeyen bir kadındı. Böyle sevilesi bir kadınla evlendiğim için en sonunda huzuru bulduğumu düşünüyordum.

5

Bu iyi eşle evlendikten sonra, aşağı yukarı altı ay nispeten huzurlu günler devam etti. O dönemde babamı kaybetmemin dışında...

Babamın ölüm döşeğinde olduğu haberini alınca aceleyle memlekete doğru yola çıktım fakat ben daha eve varamadan babam ölmüştü. Böylece vâris olarak, fazla olmasa da bizim geçinip gitmemize yetecek kadar bir miras elime geçti. Ve yeniden Tokyo'ya döndüm.

Ardından, eskiden çalıştığım dergide yeniden işe girdim. Yabancı dilden çeviriler yaparak biraz para kazanıyordum. O zamanlar, bugün hâlâ oturduğumuz, şehir dışındaki küçük kiralık bir evde yaşıyorduk.

Dışarıdan bakıldığında huzur içinde yaşayan genç bir çift gibi görünüyorduk. Aslında ben de öyle düşünüyordum. Fakat ne yazık ki bu tamamıyla bir hayalden ibaretti. Şeytanın çırağı olduğumu unutmuştum.

Altı ay geçtikten sonra ortada hiçbir sebep yokken karıma karşı bir hoşnutsuzluk hissetmeye başladım. Zaten ona âşık olduğum için evlenmemiştim; onu deli gibi seviyor da değildim. Fakat asla ondan nefret etmedim.

Buna karşılık, birlikte yaşamaya başladıktan sonra karım

dayanılmaz derecede sinirime dokunmaya başlamıştı. Yeni evli çiftlerin başlangıçta iyi anlaşmalarına rağmen giderek birbirlerini sinir bozucu bulmaya başlaması son derece yaygındır ve hiç de şaşırtıcı değildir. Oysa benim durumumda, bunun tamamen farklı bir anlamı vardı.

Daha önce söylediğim gibi; Tsuyuko bir eş olarak gerçekten iffetli, itaatkâr ve iyiydi. Ve bana dayanılmaz gelen şey, tam da onun böyle iffetli, itaatkâr ve iyi oluşuydu. Tsuyuko'nun uysallığından nefret etmeye başlamıştım. Onun iffetliliği beni sinir ediyordu. İyi huyluluğu ise beni her şeyden çok çılgına çevirmeye başlamıştı.

İşte o zaman, sizin ektiğiniz tohumların nihayet içimde büyümeye başladığını hissettim. Kendimden korktum. Bir şeyler yapmak zorunda olduğumu hissettim. Fakat bu tuhaf ıstıraptan nasıl kurtulabilirdim ki?

Tsuchida-san, karşı cinse ilgi duymayan biri olarak sizin elbette ki şimdi bile bekâr olduğunuza inanıyorum. Bu yüzden, itici ve sinir bozucu bir karısı olan kocanın ıstırabının nasıl bir şey olduğunu muhtemelen hayal edemezsiniz. Ancak toplumun gözünde kusurları olmayan, hatta sadece iyi nitelikleri olan bir insandan dayanılmaz derecede nefret etmenin nasıl bir şey olduğunu, akıl hocam olan siz, elbette anlıyorsunuzdur.

Karımdan kurtulmaya çalıştım. Fakat ne yaparsam yapayım, Tsuyuko beni bırakmıyordu. Başka kadınlardan hoşlanıyorsam onlarla olabileceğimi ve eve getirebileceğimi hatta hizmetçi olarak da olsa yanımda kalmak istediğini söylüyor, beni dinlemiyordu. Konuşarak kendimden uzaklaştıramayacağımı anlayınca, bu kez onun beni terk etmesi için her yolu denedim. Fakat o da hiçbir işe yaramadı. Fiziksel ve psikolojik taciz bile etkili olmadı. Hayır, tersine adım adım içime giriyor, daha da çok sarılıyordu. Artık onun yanında olmaya tahammül edemez hâle gelmiştim.

Eğer biraz sadakatsiz olsaydı ve daha bencil olup bana karşı gelseydi, belki de böylesine öfkelenmezdim. Oysa Tsuyuko sonuna kadar iffetli ve itaatkârdı. Mesela, evden çıkıp üç-dört gün sonra geri döndüğümde bile tek kelime etmiyordu. Bütün gece susup yatma vakti geldiğinde dizlerinin üstüne çökerek, onu sevmem için yalvarıyordu. Onun bu acınası hâlini gördüğümde, ne olduğunu bilemediğim bir huzursuzluk içimi kaplıyor ve o anda Tsuyuko'yu parçalara ayırıp yemek istercesine derin bir nefret hissediyordum. Fırtınalı gecelerde, kasıtlı olarak gereksiz bir iş icat edip dışarı göndersem bile yine de suratını asmıyordu. Sonunda artık buna katlanamayacak bir hâle gelip Tsuyuko'nun yüzüne bir tokat atıverdim. Buna rağmen Tsuyuko sadece ağlayarak yalvarmaya devam etti.

Karımın bedenini ve ruhunu akla gelebilecek her şekilde bir zevk objesi, bir oyuncak yaptım. Böyle yaparak bir şekilde onu kendimden vazgeçirmek için çabaladıysam da hiçbir işe yaramadı. Sonunda, karıma ettiğim eziyetler yüzünden, kendime bile katlanamaz hâle geldim ve hatta karımın *ikiryō*'su* tarafından ele geçirildiğimi bile düşünmeye başladım.

Tsuchida-san, eğer benim yerimde olsaydınız, hiç şüp-

* İkiryō: Yaşayan hayalet. İkiru: yaşamak, ryō: ruh, hayalet. İkiryō, yaşayan bir insanın bedeninden ayrılarak, serbestçe dolaşan ruhudur. Kin, sevgi vb. gibi sebeplerle, özellikle bağımlılığı olan veya takıntılı insanların peşine düştüğüne inanılır. Bazen insanları lanetleyip ele geçirebilirler. Eski çağlardan beri inanılan ikiryō kavramı, edebiyatta ve söylencelerde sıkça görülür. *–çn*

hesiz o parlak zekânızı kullanarak, bu durumdan kolayca kurtulabilirdiniz. Fakat ben sizin gibi doğuştan kutsanmamıştım ve bu durumdan kurtulmak için son derece basit ve hayal gücünden yoksun bir yöntemden başka çıkar yol bulamadım. Tek yol buydu. Yani, ölümdü. Ölmekti. Bizim felsefemize göre, o öldürülmeliydi. Gecenin bir yarısı, onu terk edersem öleceğini söylediği zamanlarda, "Neden gerçekten ölmüyorsun?" derdim. O zamanlar, sadece onu üzmek için böyle söylüyordum. Kesinlikle bunun gerçekleşeceğini düşünmüyordum.

Ancak günler geçtikçe ciddi ciddi bunu düşünmeye başladım. Tsuyuko'nun öldüğünü hayal ettim. Hastalıktan öldüğü, intihar ettiği ya da öldürüldüğü sahneleri –hâlâ devam eden uykusuz gecelerimin rahatlatıcısı olarak– zihnimde canlandırıyordum.

Yanıbaşımda huzur içinde uyuyan zavallı Tsuyuko'nun nefes alıp verişini dinleyerek kimbilir kaç gece böyle şeytanî hayallere kapıldım. Ve artık, sadece ölerek veya öldürülerek beni memnun edebilecek olan Tsuyuko'nun uyuyan yüzünü tebessümle izliyordum.

Ne dersiniz, Tsuchida-san? Mükemmel bir şekilde ruhunuzu devraldığımı söyleyebilirim, değil mi?

6

O zamanlar henüz sadece fantezilerimde karımı öldürüyordum. Bunu gerçeğe dönüştürmek gibi bir düşünce aklımda kesinlikle yoktu.

Sonra her şeyi değiştiren çok önemli bir durum ortaya çıktı. Sueko İshihara ile yeniden karşılaştık. Kadınlardan nefret eden siz, ilk aşkım olan kadından hem nefret edip hem de onu düşünmeye devam etmiş olmama muhtemelen güleceksiniz. Fakat bu, sizin karakteriniz ile benim karakterim arasındaki farktan kaynaklanıyor; yapılacak bir şey yok. Yirmi yaşımdayken Sueko'yu kaybetmiş olsam da sürekli onu düşünmeye devam etmiştim.

Oradan oraya boş boş dolaştığım zamanlarda bile evlendiği ünlü işadamı hakkındaki her şeyi takip ettiğimden, adamın Büyük Kantō Depremi sırasında bir binanın altında kaldığını; Sueko hariç tüm ailenin ve o bölgede yaşayan hemen herkesin öldüğünü biliyordum.

Fakat bir erkek olarak gururum Sueko'yu görmeye gitmemi engelledi. Zaten gitmek istesem bile nerede yaşadığını bilmiyordum.

Ancak geçen yazın sonlarına doğru, Yamanote'nin bir kasabasında ansızın onunla karşılaştım. Kocasının ölümünden sonra hizmetçisiyle birlikte bu kasabada yaşadığını, depremde sadece kocasının evinin değil, kasabanın da tamamen yıkıldığını ve her şeyin kötüye gittiğini öğrendim.

Eski günlerden konuştuk ve yeniden o günlere döndük. Sueko'yu gerçekten sevmiştim; o da beni sevmişti. Böylece geçen yılın sonbaharından kışa doğru, aramızdaki tutkulu aşk yeniden canlandı.

Elbette ki bu durumu karım Tsuyuko'ya anlattım. Olanları anlatırsam Tsuyuko'nun beni terk etmesi için yeterli olacağını düşünmüştüm. Fakat bu bir hataydı. Tsuyuko daha önce olduğu gibi kimi istersem sevebileceğimi söylüyor, sadece onu terk etmememi istiyordu.

Bu durum hoşuma gitti. Geçen yılın son aylarında eve neredeyse hiç gitmedim ve Sueko'nun evine yerleştim.

Neyse ki Sueko'nun çocuğu yoktu. Evli olduğumu bilmeyen Sueko'ya ileride mutlaka evleneceğimize dair söz verdim. Şimdi neden böyle yaptığımı ve Tsuyuko'yu öylece terk etmediğimi merak ediyor olabilirsiniz. Haklısınız. Fakat Tsuyuko'nun *ikiryō*'sunun bana musallat olmasından korkuyordum. Yani Tsuyuko yaşadığı sürece, ondan kaçıp kurtulamayacağımı hissediyordum. O yüzden evden ne kadar uzak kalsam da sonuçta yine eve dönüp Tsuyuko'nun o acınası fakat lanet olası yüzüne bakmak zorundaydım.

En nihayetinde bu yılın şubat ayında karımı, Tsuyuko'yu öldürmeye karar verdim. Ancak ocak ayında Tsuyuko'nun vücudunda değişiklikler olmaya başladı. Şubat ayında da durumunda herhangi bir düzelme olmadı. Ve sonunda hamile olduğu ortaya çıktı; benim tohumumu taşıyordu.

Ne büyük talihsizlik! Sıradan bir koca, hayır, sıradan bir erkek olsa karısının kendi tohumunu taşımasından mutluluk duyacağına şüphe yok. Fakat ben karımın hamileliğine lanet ettim. Ölesiye nefret ettiğim karım, benim tohumumu taşıyordu. Ve ben, kendimi fazlasıyla tanıyordum. Karım karnında şeytanın tohumunu taşıyordu. Nefret ettiğim, iğrenç karımın hamile olması zaten yeterince korkunçtu. Üstelik karnındaki şeytanın tohumuydu. Kararımı verdim: *Bir an önce karını öldür ve bu korkunç kâbustan kurtul!*

Tsuyuko'yu öldürmeye karar vermemin sebeplerinden biri, elbette ki onun *ikiryō*'sundan kaçmak istememdi. Tsuyuko hayatta olduğu sürece, nereye gidersem gideyim, ondan kaçamazdım. Şimdi bir de üstüne hamile olduğu için Tsuyuko yaşadığı sürece, kesinlikle bu kaderden kurtulamazdım. Saklanmayı deneyebilirdim ama o zaman da doğum yapana kadar ölmemiş olurdu. *Ahh!.. Benim lanetlenmiş çocuğumu doğuracak!* Düşüncesi bile korkunçtu. Tsuyuko'dan doğacak olan ikinci ben, hayatımın geri kalanında benim peşime düşecekti. Ne olursa olsun, karımın bu çocuğu doğurmasına izin veremezdim. Tsuyuko'yla birlikte karnındaki çocuğu da karanlığa gömmek zorundaydım.

Ancak aynı zamanda Tsuyuko'yu öldürme fikrinin beni heyecanlandırdığını itiraf etmeliyim. Kararım kesindi. Tsuyuko öldürülmeliydi. Şimdi çözülmesi gereken sorun, onu ne zaman ve nasıl öldüreceğimdi.

7

Bu kararı verdikten sonra, Sueko'yla geçirdiğim zamanlar dışında kalan tüm vaktimi cinayet yöntemleri düşünmeye harcadım. Bulabildiğim her kitabı karıştırıp insan öldürme tekniklerini inceledim. Lisedeyken bana önerdiğiniz tüm kitapları yeniden okudum. En zekice cinayetin nasıl işlenebileceğini araştırdım.

Araştırmalarımın ilk adımında, insanın vicdanını terk etmesinin ön koşul olduğu sonucuna vardım. Suç tarihi incelendiğinde, işlenen suçların açığa çıkma sürecinde, bir suçlu için en tehlikeli şeyin kendi vicdanı olduğu görülür. Cesurca suç işlemelerine rağmen sonrasında son derece korkak davranırlar. Birçok vaka, suç işledikleri zamanki kadar soğukkanlı oldukları takdirde suçluların yakayı ele vermeyeceklerini gösterir.

Bu konuda ben son derece iyimserdim. Ben şeytanın çocuğuydum. Vicdan denilen şeyi neredeyse kaybetmiş olmalıydım. Üstelik ne dereceye kadar kaybettiğimi gerçekten bir cinayet işlemeden bilemezdim. O yüzden, bu konuda gereğinden fazla endişelenmenin aptalca olduğunu anladım.

Kendi kendime, "Cesurca yap bu işi ve cinayetten sonra daha da cesur ol!" diye emrettim.

Sonraki adım, cinayet yöntemiydi. Bu, en önemli konuydu.

Bazı katiller ya da polisiye romanlarda karşımıza çıkan suçlular, cesedi ortadan kaldırmak için büyük çaba sarfediyor. Bana göre bu çok saçmaydı. Dorian Gray'in, ressamın cesedini yok etmek için kullandığı o kimyasallara ulaşamayacağıma göre buna kafa yormanın son derece aptalca olduğunu düşündüm. Cesedi öylece, olduğu gibi bırakmalıydım. Yeter ki bunun bir cinayet olduğu anlaşılmasın. Ayrıca intihar süsü vermeye çalışmanın da çok tehlikeli olduğunu düşündüm. Yeterince dikkatli olmazsanız ters tepebilirdi. O yüzden, bunun bir cinayet olmadığına hüküm verilecek şekilde yapmak gerekiyordu.

Bir diğer sorun, karımı öldürmek için en uygun yerin neresi olduğuydu. İyice araştırdıktan sonra en güvenli yerin ev olduğu sonucuna vardım. Onu dışarıda bir yerlere götürüp öldürmek son derece tehlikeli olurdu. Yaşadığı yer, yani ev ortamı en doğru yer olacaktı.

Son olarak, en ideal cinayet yöntemi ilk denemede başarısız olsanız bile kurbanın kesinlikle farkına varmayacağı bir yöntem olmak zorundaydı. İlk denemede başarısız olursanız, hiçbir şey olmamışçasına bir ifade takınır, ikinci seferi beklersiniz. İkincide başarısız olursanız, üçüncü bir şans için fırsat kollarsınız. Bu şekilde, amacınıza ulaşana dek defalarca tekrarlarsınız.

Böyle bir yöntem gerçekten mümkün müydü? Bu konularda neredeyse bir dâhi olan siz, eğer benim yerimde olsaydınız, hiç şüphesiz seçilmesi gereken en iyi yöntemi derhal bulurdunuz.

Fakat ben gözümün önünde duran o ideal yöntemi fark edemedim.

Böylece şubat ayı bitti ve mart ayının ortalarına geliverdik.

Bu süre zarfında, sadece on günde bir Tsuyuko'nun yanına dönüyor, geri kalan zamanlarda Sueko'nun evinde kalıyordum. Sonunda günlük hayatta kullandığım kişisel eşyalarımı da Sueko'nun evine taşımıştım.

Fakat sonunda o beklediğim fırsat geldi. Üstelik umulmadık biçimde, Tsuyuko'yu öldürme yöntemi Tsuyuko'nun ağzından çıkan bir ipucuyla gözümün önünde beliriverdi.

8

Tam olarak 25 Mart'tı. Uzun bir aradan sonra Sueko'nun evinden karımın yanına, eve dönmüştüm. Tsuyuko'nun aklından neler geçtiğini bilmiyordum; fakat beni her zamanki gibi hiç şikâyet etmeden karşıladı. Uzun süredir ilk kez, Tsuyuko'yla karşılıklı oturduk ve onun lezzetsiz yemeklerini yedik. Ardından yine cinayet araştırmalarıyla ilgili bir kitabı okumaya daldım.

O aralar gece yarısından önce uyuyamadığım için saat on bir civarı Tsuyuko'ya beni beklemeyip yatmasını söyledim. Tsuyuko, her zamanki itaatkâr tavrıyla sessizce kalkıp döşeği serdi ve iyi geceler dileyerek acınası bir sessizlik içinde yatmaya gitti.

Gece saat bir sularında, her zaman olduğu gibi yüksek dozda uyku ilacı alıp yatağa girmiştim ki uyuduğunu sandığım Tsuyuko, hıçkıra hıçkıra ağlamaya başladı. Yine yalvarmaya başlayacak diye düşünerek huzursuz oldum. Ben sessiz kalınca, birden Tsuyuko konuşmaya başladı.

"Bu aralar geceleri bir türlü uyuyamıyorum. Dün gece neredeyse gözümü bile kırpmadığım halde bu gece de hiç uykum yok."

Sadece cevap vermiş olmak için, "Öyle mi?" diyerek geçiştirdim. Konuşmayı sürdürmeye bile çalışmadım.

Fakat birden, az önce Tsuyuko'nun söylediği "Bu aralar geceleri bir türlü uyuyamıyorum," cümlesini düşününce, sanki şimşek çakmış gibi aklıma harika bir fikir geldi.

Tabii ya!

Elimde olmadan karanlığın içinde haykırdım.

İşte bu, işte bu! Şimdiye kadar düşündüğüm ve tasarladığım her şey bu sözleri söylemek içindi.

Pekâlâ, yarın hayatının son günü olacak. Yarın acılarının son günü olacak. Yarın gece seni huzura kavuşturacağım!

Bu noktada önce, uyumak için ne kadar güçlü dozda ilaç almam gerektiğini ve bunu nasıl temin ettiğimi anlatmak zorundayım.

Muhtemelen şimdilerde sizin durumunuz da benden pek farklı değildir.

Sizin de tahmin edeceğiniz gibi artık sıradan bir eczanede satılan sıradan uyku ilaçlarıyla kesinlikle uyuyamıyorum. O yüzden, Calmotin'le intihar edilebileceği fikri bana çok komik geliyor.

İki yıl kadar önceydi; art arda bir sürü ilacı deneyip olumlu bir sonuç alamayınca ünlü bir doktora gittim. Doktor bana toz halinde bir uyku ilacı yazdı. Ancak dediğine göre, bu gibi durumlarda (yani uykusuzluk hastalığında) hasta içeriğini bildiği takdirde ilacın etkisi oldukça azalıyormuş. Bu yüzden, ilacın içeriğini kesinlikle bana açıklamayacağını, yakınlardaki bir eczacıya özel olarak hazırlatacağını söyledi.

Tek öğrenebildiğim, deyim yerindeyse, bunun çeşitli ilaçları karıştırarak hazırlanan, uyku ilacı kokteyli gibi bir şey olduğuydu. Başlangıçta, doktorun dediklerine sadık kalarak ilacı üç günlük dozlar halinde eczaneden alıp kullanıyordum.

Fakat uykusuzluk konusunda siz benden daha kıdemlisiniz ve eczacı ile hasta arasındaki ilişkinin bu şekilde devam etmeyeceğini tahmin edersiniz.

Altı ayın sonunda artık günlük doz yeterince etkili olmuyordu. Endişelenmeye başlamıştım. Denemek için iki günlük dozu tek seferde aldım. Sonuç gerçekten çok iyiydi. Ancak ilaç almak için eczaneye bir gün erken gidişimi nasıl bir bahaneyle açıklayabilirdim?

Bu tür hastaların kullandığı bir yöntem seçtim. Kuşkusuz, sizin de böyle bir tecrübeniz vardır.

"Paketi düşürdüm ve içindeki ilaç dökülüverdi."

İlk seferinde bu bahaneyle eczacıyı ustaca aldattım. Fakat ikinci seferinde bu işe yaramazdı.

"Bir haftalığına tatile gidiyorum."

Bunu bahane ederek bir kez daha aldım. Böylece tek seferde günlük dozun iki ya da iki buçuk katını almaya başladım. Almayınca uyuyamıyordum.

Sonuçta eczacı da ticaret yapan bir adamdı ve sürekli ilaç alan bir hasta olduğum için bana güveniyordu. On günlük doz üç günde bitse de herhangi bir şekilde itiraz etmiyordu. Bu şekilde, bir gecede bu güçlü ilaçtan aldığım miktar korkunç boyutlara ulaştı.

Özellikle bu aşamaya gelindiğinde, hastalar artık evde fazladan ilaç bulundurmazlarsa dayanılmaz bir endişe duyarlar. Her ay eczaneye ödediğim ilaç parası arttıkça daha da çok ilaca ihtiyaç duymaya başladım.

Üstelik geçen sonbahardan beri Sueko'yla yaşamaya

başladığım için orada da yedek ilaç bulundurma ihtiyacı hissediyordum. Eczacının mutlak güvenini kazandığım için en sonunda iki küçük şişeye o güçlü beyaz tozdan doldurmasını sağladım. Şişelerden birini eve, diğerini Sueko'nun evine bırakıp kendi kafama göre üç veya dört çay kaşığı içmeye başladım.

Tsuchida-san, sizin de gitgide dozajı artırdığınızı duydum. Bu işin nereye varacağını sanırım sizin gibi bir dâhi bile öngöremiyor.

Böylelikle şimdilerde kullandığım ilaç miktarı, iki yıl önce doktorun verdiği bir günlük dozun on katı oldu. İki yıl önce doktorun reçete ettiği uyku ilacının günlük dozu zaten normal bir insanın alacağı miktardan katbekat güçlüydü. Şimdilerde ise on katı güçlü. Zayıf ve hassas hamile bir kadın üzerinde nasıl bir etkisi olabilirdi acaba?

Bunun üzerinde düşündüm.

Tsuyuko'ya bu ilacı içirip öldürmeyi başaramasam bile ölümcül bir duruma yol açacağına şüphe yoktu. Ve ilacı içirmek çok kolaydı. Muhtemelen ilaçlar hakkında bilgisi olmayan Tsuyuko'nun karşısına geçip her zaman aldığım miktarda ilaç içersem elbette o da hiçbir endişe duymadan, aynı miktarda ilacı içecekti. Son derece doğal ve sorunsuz bir yöntemdi.

Ve eğer bu yöntemi uyguladığımda Tsuyuko kusarsa ya da başka bir şey ters gidip de amacıma ulaşamazsam kendim de aynı miktarı, üstelik de onun karşısında içtiğim için en ufak bir şüphe bile uyandırmayacaktı. Yani, işlerin ters gitmesi durumunda bile tehlike yoktu. Ve amacıma başarıyla ulaşırsam sadece onun yanlışlıkla aşırı doz aldığı zannedilirdi. Benim Sueko adlı bir metresim olduğu ve karımı öldürmek için bir sebebim olduğu düşünülse bile kim karıma kasten ilaç içirdiğimi kanıtlayabilirdi ki? O zaman geriye kalan sadece vicdan sorunuydu artık. Sorgulansam bile her şeyi inkâr ettiğim takdirde bu işten yakayı sıyırabilirdim.

Planım mükemmel bir şekilde biçimlenmişti. Şimdi onu uygulamak kalmıştı sadece.

9

"Yarın karımı öldüreceğim!" düşüncesinin verdiği olağanüstü heyecan yüzünden, yirmi beşinin gecesi neredeyse gözümü bile kırpmadan sabahladım. Nihayet gün doğdu; ayın yirmi altısıydı. Sabahleyin aceleyle Sueko'nun evine gittim. O gün Sueko'nun yanında kalamayacağım için en azından öğlene kadar vakit geçireyim diye düşünmüştüm.

Sueko'nun güzel yüzünü gördükten sonra öğle saatlerinde eve dönmeye hazırlanırken Sueko ansızın, "Hemen gidiyor musun? Bu gece kalmayacak mısın? Bu aralar geceleri uyumakta zorlanıyorum," dedi.

Birden ürperdim. Bu garip tesadüf karşısında şaşırmıştım. Fakat yapılacak işlerim olduğu için dönmem gerektiğini söyleyerek beni affetmesini istedim. Şimdi düşünüyorum da bu Sueko ile benim ebedi ayrılığımız olmuştu.

Öğleden sonra eve döndüğümde, daha uzun bir süre eve gelmeyeceğimi düşünen Tsuyuko, beni büyük bir sevinçle karşıladı.

Bunun Tsuyuko'yla geçireceğimiz son gün olacağını düşündüğüm için ben de mümkün olduğunca iyi ve nazik davrandım.

Nihayet, o lanetli 26 Mart gecesi geliverdi.

Elimden geldiğince ihtiyatlı ve dikkatlice hazırlanmıştım. Doktor olmadığım için çok emin olamasam da uyku ilaçlarının aç karnına alındığında daha etkili olduğunu kendi tecrübelerimden biliyordum.

Akşam yemeğinde karımı, "Çok yersen gece uyuyamazsın," diyerek uyardım. Bunu nezaket olarak algılayan Tsuyuko, sadece bir kase pirinç lapası yedi.

Sonunda gece oldu. Harekete geçme zamanıydı.

O sırada bile hâlâ ne kadar ilaç içirirsem en kesin sonucu alırım diye düşünüyordum. Ancak sonuç olarak, ilaçlar hakkında bilgim olmadığı –ki, bilgim olsa bile kendi içtiğim ilacın içeriğini bilmediğimden dolayı doğru bir sonuca varma olasılığım olmadığı– için sadece kabaca bir tahminde bulundum. Ve her zaman kendi aldığım miktarı, yani benim için on günlük dozu –beş çay kaşığı– içirmeye karar verdim.

Gece saat on buçuk civarıydı.

"Uyuyamadığını söylüyordun, neden biraz benim ilacımdan içmiyorsun? Ben şimdi içeceğim, sen de iç."

Olabildiğince doğal bir tonla böyle söyledim.

"Olur," dedi itaatkâr Tsuyuko, bir yandan da döşeği yere seriyordu.

İşte bu! Şimdilik her şey yolunda.

Yatağı hazırladıktan sonra Tsuyuko, ısınmak için kullandığımız mangalın diğer yanına, karşıma oturduğunda, ilaç şişesini çıkararak önce kendim beş çay kaşığı ilacı gözünün önünde içtim. Fakat böylesine heyecanlı olduğum bir gecede bu dozun uyumama yeteceğinden emin olmadığım için bir kaşık daha içtim ve sonra bir kâğıt çıkarıp üzerine toz halindeki ilaçtan beş kaşık koyarak Tsuyuko'ya uzattım.

Tsuyuko sessizce ilaca bakıyordu. O anda birden aklıma bir fikir geldi.

Şimdi düşünüyorum da o zaman aklıma gelen bu fikir, aslında benim felaketimi hazırlayacaktı. Oysa o anda bunun harika bir fikir olduğunu düşünmüştüm.

Aklıma gelen şey, ben ilacımı içip uyuduktan sonra bile birilerinin karımın hâlâ uyanık olduğunu bilmesini sağlamaktı. Böylece Tsuyuko'ya ilaç verdiğime dair bir şüphe ortaya çıkarsa kesinlikle işe yarar bir bahanem olacaktı. Birden, "Ōmiya'ya gidip üç paket Airship* alıp gelsene," dedim.

Ōmiya, bizim evden iki sokak ötede bulunan bir tütüncüydü. Sahibi her zaman dükkânda olurdu. Bu adam *go* oyununda benim rakibimdi ve boş vaktimiz olduğunda daima *go* oynardık. O yüzden genellikle sigara almaya kendim giderdim. Şimdi Tsuyuko gittiğinde dükkân sahibinin sohbet olsun diye, "Kocanız nerede bugün?" gibisinden bir şeyler soracağı kesindi. Buna karşılık Tsuyuko, "Çoktan uyudu," diye cevaplayacaktı.

Sonrasında, soruşturulacak olsam da Ōmiya'nın sahibi karımın benden sonra uyuduğuna tanıklık edecekti. Bu da karımın yanlışlıkla aşırı dozda ilaç aldığı anlamına gelirdi. Ben bunun gerçekten harika bir fikir olduğunu düşünmüştüm.

Bunu yapmasını istediğimde, Tsuyuko her zamanki gibi itaatkâr davrandı. Üzerine ilaç koyup ona verdiğim kâğıdı

---

* Airship: 1910'da teneke kutuda 50'lik olarak piyasaya sürülen sigara markası. İlk kez bir uçağın Japonya semalarında uçtuğu ve gökyüzüne ilginin arttığı 1910 yılında satışa çıktığı için, sigara kutusunun üzerinde karlı dağlar ve masmavi bir gökyüzünde uçan zeplinler ve uçakların yer aldığı bir resim vardı. Yine bu nedenle Airship isminin seçildiği düşünülmektedir. 1921'de üzerinde aynı resim bulunan 10'luk kâğıt paketlerde satılmaya başlandı. *–çn*

katlayarak *obi*'sinin[*] arasına sıkıştırdı. O sırada bakışlarım ilaca kilitlenmişti. "Az sonra Tsuyuko'nun midesine gidecek ve her şey bitecek. İnsan denilen şey ne kadar da zayıf ve kırılgan bir varlık!" diye düşünerek, obinin arasından yüzünü gösteren o korkunç ilaç paketine bakıyordum.

Çok geçmeden Tsuyuko ayağa kalktı ve mutfak kapısından çıkarak sigara almaya gitti.

Ben de o sırada yatak odasına geçip yerdeki döşeğe uzandım. Yan tarafımda Tsuyuko'nun döşeği sahibini bekliyordu. Bu döşeğin üzerinde yarın sabah bir ceset olacağını düşündüm.

Uzanmış, Tsuyuko'nun dönüşünü bekliyordum. Ancak içtiğim ilacın etkisini göstermeye başladığını fark ettim. Dayanılmaz derecede uykum gelmişti. Bugün, o zamana kadarki en yüksek dozu almıştım. Üstüne bir de heyecandan iştahım kapandığı ve doğru dürüst yemek yemediğim için ilacı aç karnına içmiştim. Tsuyuko'nun döndüğünü ve tıkırtıyla mutfak kapısını kapattığını hayal meyal duydum. Sonrasında derin bir uykuya dalmışım.

Kaç saat uyuduğumu bilmiyorum, aniden gözümü açtım. Başlangıçta, üzerimde bir ağırlık hissiyle tavanı izledim. Kafamın arkası bir şeyle sarılmış gibi hissediyordum. Ve başım ağrıyordu. Bu, uyku ilacını biraz fazla kaçırınca daima olan bir şeydi.

Birden dönüp kolumdaki saatime baktım, saat dört buçuktu. Kafamı kaldırınca panjurların sonuna kadar açık olduğunu gördüm.

Bir süre boş boş etrafa bakındım. Sonra tahta kafesli

---

* Obi: Kimononun beline sarılan enli kuşak. *–çn*

sürgülü pencereden süzülen gün ışığına bakıp acaba akşam mı oldu, diye düşündüm.

Bunu düşündüğüm anda, birden dün gece aklıma geldi.

Ona ilaç hazırladım, ilacı içmiş olmalı!

Evet! Tsuyuko'yu öldürmeye çalıştım!

Karım? Tsuyuko?

Yan tarafıma baktım. Karım benimle aynı odada, yanıbaşımdaki döşekte yatıyor olmalıydı. Fakat Tsuyuko orada olmadığı gibi döşek de yoktu, kaldırılmıştı.

Başarısız mı olmuştum?

Hemen yataktan fırlayıp kalktım ve oturma odasının sürgülü kapısını açtım.

Orada, mutfaktan yeni çıkmış gibi görünen hamarat ev kadını tavrı içindeki Tsuyuko'yu gördüm.

Yüzü her zamanki gibi biraz hüzünlüydü fakat son derece sakindi ve beni görünce aniden şöyle dedi: "Uyandın mı? Öyle huzurlu uyuyordun ki sesimi çıkarmadım. Ama saat beş oldu."

Bir şeyler söylemeye çalıştım. Ancak dilim damağım kurumuştu, hiç sesim çıkmadı.

"Sen... Sen dün gece uyuyabildin mi?"

"Hayır, pek iyi uyuyamadım."

"Ama ilacı içtin, değil mi?"

"Evet, içmesine içtim ama..."

"Ama ne? Şeyy... Sana verdiğimin hepsini içtin mi?"

"Hepsini mi! Hepsini içsem ölürdüm."

Tsuyuko, yüzünde dünyanın en tatlı gülümsemesiyle, biraz da sanki böylesine cahil olduğum için bana acıyormuş gibi bir ifade takınarak konuştu. "Farkında değil gibisin ama o ilaçtan çok fazla içiyorsun. Sen evde olmadığın zamanlarda uyuyamadığım için senin hep gittiğin XXX Eczanesi'ne ilaç almaya gitmiştim. İlacına dokunacak olursam yine beni azarlayacağını düşündüğüm için eczacıya danıştım. Ona senin ne kadar ilaç aldığını söyleyince çok şaşırdı. Bir yolunu bulmamı ve seni aldığın ilaç miktarını azaltmaya ikna etmemi söyledi. Ama dikkatsizce bir şeyler söylersem yine beni azarlardın. Ben de korktuğum için bir şey söylemedim. Dün verdiğin ilacı da on parçaya bölüp bir dozunu içtim. Hepsini içsem ölebilirdim. Gerçi dün gece nedense bir şeyler beni huzursuz ettiği için pek iyi uyuyamadım. Ama sen hemen uyuyuverdin. Ha bu arada, dün gece aldığım Airship paketleri masanın üzerinde."

Sanki şiddetle kafama vurulmuş gibi hissettim. Zavallı tatlı Tsuyuko, neredeyse öldürüleceğinin farkında değildi. Kendisini öldürmeye çalışan korkunç adamın, kocasının, gözünün önünde durduğunun farkında değildi.

Tsuchida-san, bu olay böylece bitseydi, benim bu başarısız cinayet teşebbüsüm –kanunlar hakkında bilgim olmadığı için bu davranışımın cinayete teşebbüs olup olmadığını bilmiyorum fakat diyelim ki öyle– hiç kimsenin haberi olmadan, cinayet değil de tek perdelik bir komedi olarak sona ermiş olabilirdi.

Ancak gerçek şu ki; olaylar benim için çok daha korkutucu bir yolda ilerliyordu.

10

Tsuyuko ilaç konusunu biliyordu, biliyordu ve şimdiye kadar tek kelime etmedi! Ben Tsuyuko'yu öldürmeyi beceremedim. Neyse ki yöntemim sağlam olduğu için Tsuyuko neredeyse öldürüleceğini fark etmemişti. Fakat benim için çok büyük bir darbe olmuştu.

Bunları düşündüğümde, her şeyden habersiz olan Tsuyuko'ya acımak bir yana, nefretim daha da arttı ve ona iyice katlanamaz hâle geldim. Kaltağın benim ne yaptığımı bildiğini ve kasten böyle bir tavır aldığını bile düşündüm. Tsuyuko'nun yüzünü görmeye fazladan bir saniye bile dayanamıyordum artık.

Şaşkın bir ifade takınmış olan Tsuyuko'yu görmezden gelip pijamalarımı değiştirir değiştirmez, hemen dün gece aldığı Airship paketlerinden birini kimonomun yenine sokuşturdum. Ve öfkeyle kendimi dışarı attım.

Kalbim yanıyor gibiydi. Karımı öldürmeyi becerememiştim! "Neyse ki bunu fark etmedi," diye düşünmek bile beni rahatlatmıyordu. Sadece pişmandım ve öylesine öfkeliydim ki kendimi zor tutuyordum.

Nereye veya nasıl gittiğimi bilmiyorum. Fakat iki, üç köhne kafeye uğrayıp birkaç sert içki yuvarladığım kesindi.

Ve sonunda Sueko'nun evine gittim. Güzel, tatlı Sueko'yu görmeye... Sueko'nun sokağına geldiğimde, galiba akşam yedi civarıydı. İçkiyi fazla kaçırdığım için sağa sola yalpalayarak yürüyordum.

Eve yaklaştığımda bir tuhaflık olduğunu fark ettim. Normalde çok sakin olması gereken bu sokakta çok sayıda araba park etmişti. Ve bir sürü insan sağa sola koşuşturuyordu.

Başlangıçta, tüm bunların Sueko'nun eviyle ilgili olduğunu fark etmedim. Ancak evin önüne geldiğimde, kalabalığın Sueko'nun evinin etrafında toplandığını gördüm.

Şaşkınlık içinde öylece kalakaldım. Sanki bir şey göğsüme vuruyordu. Bir şey olmuştu. Kafesli giriş kapısının önünde toplanan insanların arasından geçerek içeri girmeye çalıştım.

Tam kafesli kapının önüne geldiğimde, içeriden takım elbiseli bir adam ve polise benzeyen üniformalı biri konuşarak dışarı çıktı. O anda, takım elbiseli adamın diğerine söylediği sözleri gayet net hatırlıyorum.

"Gerçekten çok mantıksız. Bunun bir kaza mı, yoksa intihar mı olduğunu araştırmak sizin göreviniz. Ancak yanıbaşındaki şişede öyle güçlü bir ilacın duruyor olması, gerçekten çok mantıksız. Görünüşe göre kaşıkla içmiş ilacı. Fakat yaptığı şey çılgınlık gerçekten. Artık çok geç tabii. Kalbi durmuş."

Hemen Sueko'nun başına bir şey geldiğini anladım. Şaşkınlık içindeki kalabalığın arasından sıyrılıp o çok iyi bildiğim oturma odasına dalıverdim.

Tsuchida-san, orada ne gördüğümü elbette biliyorsunuz.

Alev rengi çarşafların altında, güzel Sueko beyaz bir

heykel gibi uyurcasına yatıyordu. Sırtüstü uzanmıştı ve sağ eli tataminin üzerine düşmüştü.

Kendimi toparladığımda, yanımda duran adam yakama yapışmıştı.

"Sen de kimsin?"

"Bu kadının arkadaşıyım."

Adamın sorusunu cevaplarken bir yandan da Sueko'nun cesedini yalar gibi dikkatle o tarafa bakıyordum.

Uzun uzadıya düşündüğüm cinayet yönteminin sonucunu burada görüyordum.

Ne tuhaftır ki, o anda, sevdiğim birini kaybetmenin üzüntüsünü kesinlikle hissetmedim.

Sadece ve sadece, beni mutlu eden garip bir et parçası gördüm. Üstelik bu, benim inceden inceye yaptığım planların sonucuydu.

Böyle düşününce, kendimi kaybettim. Midem bulanmaya başladı. Ve elimde olmadan bağırdım.

"Yanılıyorsunuz! O öldürüldü. Biri ona ilaç verdi. Evet, öyle olmalı. Kim yanlışlıkla içer ki!"

Şaşkınlık içindeki kalabalığı ardımda bırakıp bu sözleri tekrarlayarak Sueko'nun evinden kaçtım.

II

Sueko ölmüştü. Sevdiğim insanı kaybetmiştim, sonsuza kadar!

O gece, âdeta ruhu çekilmiş bir insan gibi önce eve döndüm. Fakat neden karımın yanında kalacaktım ki? Neden bu acılarla dolu dünyada kalacaktım? Bu lanet olası dünyadan bir an önce kaçmaya karar verdim.

O gece, tek başıma İidamachi İstasyonu'ndan bir trene atladım. Bu dünyaya veda etmek için eskiden sizinle yaz tatilinde gittiğimiz, Kiso'nun ıssız bir köyüne doğru yola çıktım.

27 Mart gecesiydi. Tek başıma, trene binip yerleştiğimde nihayet kendime geldim ve olayların neden böyle sonuçlandığını düşünmeye başladım.

Tahmin etmek çok kolaydı. Uyuşturucular hakkında hiçbir bilgisi olmayan, Sueko'ydu. Onun evinde kaldığım zaman ilaç aldığımı görmüş olmalıydı. Cahil kadının dün gece tek başına uyuyamadığı için beni taklit edip o güçlü ilaçtan aldığına şüphe yoktu. Sonra neredeyse akşam olduğu halde hâlâ kalkmadığını gören hizmetçi kız endişelenerek doktor çağırmıştı. Ve ardından tüm o karmaşa başlamış olmalıydı.

On küsur saat boyunca, trende sallana sallana giderken pek çok şeyi düşündüm. Ve en nihayetinde, Sueko'yu sonsuza dek kaybettiğim için duygusal bir ruh haline büründüm. Ancak sonra, Sueko'nun bir et parçasına dönüşmüş olan cansız bedeninin tuhaf çekiciliğini hatırlayıp trenin karanlığında, çeşit çeşit kadınların görünüşlerini ve etlerini hayal ettim.

Kiso'daki X İstasyonu'na vardığımda ayın 28'i ve öğleden önceydi. Sizinle birlikte kaldığımız o küçük pansiyona yerleştim. Sonra kendi geleceğimi düşündüm.

Ne acayip bir tesadüf! Nefret ettiğim karım ve sevdiğim kadın! Peki ben ne zaman gerçekten uyuyabilecektim?

Artık bu acıya katlanamıyordum. Ölmezsem veya delirmezsem bu acıdan kaçıp kurtulamayacaktım. Kararımı verdim: 28 Mart'ta ya bu dünyayı terk edeceğim ya da delireceğim diye...

Bunun için elimdeki uyku ilacı en mükemmel araçtı. Bir şişe ilacın tümünü içmek niyetindeydim. Ölürdüm veya ölmeyip başarısız olsam da şimdiki bedenimde uyanma ihtimali yoktu. Böyle düşündüm.

Son olarak, günahlarımı yazıp bırakmaya karar verdim ve o gün bütün zamanımı, Tsuyuko'yu öldürmek için hazırladığım planları yazmakla geçirdim.

Gece saat on bir gibi nihayet yazmayı bitirdim.

Artık ilacı içmek üzereyken yeniden düşündüm.

İntihar mektubu bırakmaya gerek yoktu. Arkamda sonsuza kadar bilinmeyecek bir suç bırakıp gitmek daha ilginçti. Böyle düşündüm ve o âna kadar yazdığım her şeyi yaktım. Hayır, her şeyi yaktığımı düşündüm.

Ne yazık ki, talihsiz bir tesadüf yine beni vurdu. Dakikalarca sakinlikten yoksun olduğum bir zamandı. Her şeyi yaktığımı düşünürken, bir kısmının hâlâ yanmamış olduğunu fark etmemiştim. Üstelik o kısım, Tsuyuko'yu öldürmeye karar verdiğim zamandan, onu uygulamaya koyduğum zamana kadar olan kısımdı. Yani, "Ne olursa olsun ondan kaçmaya karar verdim. Kesinlikle onu öldürmek zorundayım," diye başlayıp, "Büyük olasılıkla ilaçlar hakkında bilgisi yok, bu yüzden ona ilaç versem de farkına varmayacaktır," ve "Onun karşısında ilacı içtim. Beni sessizce izledi. Sonra aynı miktarda hazırladığım ilacı ona verdim," diye biten kısımdı.

Eğer "o" yerine, "karım" veya "Tsuyuko" yazsaydım, bu mektup Sueko'nun şüpheli ölümüyle ilgili cinayet suçlamalarının kanıtı olmayacaktı. İsim yazmamış olmam, beklenmedik bir sonuç doğurmuştu.

Yazmayı bitirdikten sonra –bu iğrenç dünyaya son kez veda edip ölümüme ağıt yakarcasına çağlayan Kiso nehrini dinlerken– yanımdaki bir şişe ilacın tamamını tek seferde yuttum.

Tsuchida-san, eğer öylece ölebilseydim, ne kadar mutlu olurdum. Fakat günahlarımın bedeli bu kadarla bitmemiş gibi görünüyordu.

12

İlacı içer içmez dipsiz bir uykuya dalmışım. Kaç saat uyuduğum ya da kaç gün uyuduğum hakkında hiçbir fikrim yok. Gözümü açıp ölümcül bir başağrısı ve mide bulantısıyla boğuşarak etrafıma baktığımda –sonraları düşününce– Kiso'daki X İstasyonu'nun yakınında, bir polis karakolundaydım.

Sueko'nun evindeyken söylediğim şüpheli sözlerden sonra hiç kuşkusuz yetkililer beni takip etmişti. Dahası, Kiso'nun X Köyü'ndeki pansiyonda çalışanlar, çok uzun süre uyumamdan endişelenerek bölge polisine haber vermiş olmalıydı.

Her hâlükârda, bilmediğim bir yerde, acı veren bir uykudan uyandım ve gerçekten acınacak hâldeydim.

Uyku ilacının dozunu biraz olsun fazla kaçırdığınızda uyandıktan sonraki o rahatsızlığı bilirsiniz. Oysa ben yirmi günlük, belki de daha fazla dozu tek seferde almıştım. Yeniden hayata dönmüş olmam bile son derece garipti. Yani, o zaman tüm hafızamı ve anlama yeteneğimi tamamıyla kaybettiğimi söylesem de bunu hiç şaşırtıcı bulmazsınız sanırım.

Her neyse, böyle tuhaf bir vaziyette, ruhum ve her şeyim

tükenmiş olarak trene bindirildim. Şimdi geriye bakıp düşündüğümde, Tokyo'ya geri gönderildiğimi anlıyorum.

O zamana kadar ne sorulsa sorulsun, net olarak cevaplamadım. Hayır, cevaplayamadım. Her şey bir sis bulutunun içindeymiş gibi geliyor, kendi kendimi bile anlayamıyor ve hatta biraz abartılı bir ifadeyle söylersem; kim olduğumu bile doğru dürüst hatırlayamıyordum.

Görünen o ki, buraya döndükten sonra da bir süre doktor gözetiminde kalmıştım. Fakat fiziksel olarak bir sorunum olmadığına karar vermiş olsa gerek ki çok geçmeden kendimi bir dedektifin karşısında buldum.

İlk olarak önüme konulan şey, Kiso'da yazdığım o intihar mektubunun sağlam kalan birkaç sayfası oldu.

"Bunları hatırlıyorsun, değil mi? Sen yazdın, değil mi?"

Bir süre sessizce kâğıtlara baktım. Benim el yazım olduğuna şüphe yoktu. Sonunda onları yazdığım zamanki halimi hatırladım. Fakat bunun ötesinde başka hiçbir şey çağrıştırmıyordu.

"Hey, bana aptal numarası yapma!"

Dedektifin bunu bana daha kaç kez söylediğini hatırlamıyorum. Fakat aptal numarası falan yapmıyordum. O zamanlar, hayır, doğrusu daha düne kadar, gerçekleri net olarak hatırlamıyordum. O güçlü uyku ilacı düşünme yeteneğimi ve hafızamı tamamıyla benden alıp götürmüştü.

Sorgulama sırasında o yazdığım mektuptan kalan parçalar bana gösterildikten sonra hücremde tek başıma oturup düşünmeye başladım. Sonra birden, zihnimde Sueko'nun o yemek istediğim ölü bedeninin görüntüsü canlandı: Sağ eli tataminin üzerine düşmüş, yatağında uyuyor gibi sırtüstü uzanmış olan Sueko'nun görüntüsü...

Ahh, o kadın öldü. Onu öldürmeye çalıştım. Evet, ilacı ona nasıl içireceğimi düşünüyordum. Ve sonra...

Acınası beynim deli gibi dönüp duruyordu. Ve sonuçta vardığım nokta, onu öldürmüş olabileceğimdi.

Bunları düşündükten sonra bulanık ve belirsiz de olsa hafızamdaki parçaları takip ederek hissettiklerimi anlatmaya başladım. Ancak ne zamandır Sueko'yu tanıdığım veya onu neden öldürdüğüm gibi karmaşık detayları cevaplamayı başaramadım.

O gün Sueko'nun evine gittiğime dair ellerinde kanıt olmalıydı. Daha neler olduğunu anlayamadan beni sorgu hâkiminin karşısına çıkardılar.

Fakat hâkime şimdiye kadar söylediklerimden daha fazlasını nasıl söyleyebilirdim ki? Hâkimin sorularına karşılık, sadece evet veya hayır diye cevap vermekten başka bir seçeneğim yoktu.

Ben kendim bile onu öldürüp öldürmediğimi bilmiyordum.

Eğer hapiste değil de dışarıda olsaydım, çevreden gelen uyaranlar sayesinde kesinlikle her şeyi daha hızlı hatırlardım. Oysa bütün günüm bir hücrede geçiyordu. Hatırlamaya çalışsam bile yapamazdım.

Ancak dün tuhaf bir şey oldu.

Karım Tsuyuko, sonunda ziyaret izni verildiği için beni görmeye geldi.

İster inanın ister inanmayın, o zamana kadar bir karım olduğunu hiç hatırlamıyordum. Hatırlamayı bile beceremiyordum.

Üzgün görünen Tsuyuko'yla karşı karşıya geldiğimizde, nedense sadece tuhaf bir huzursuzluk hissettim. Fakat sonra birden gözlerim Tsuyuko'nun obisine çivilendi.

Obinin arasına bir kâğıt sıkıştırılmıştı. Sonradan düşününce anladım; muhtemelen Tsuyuko doktora gitmiş olmalıydı. Yarısı obinin arasından dışarı taşmış olan o kâğıt paket, toz halindeki uyku ilacı paketiydi.

O anda aklımda bir şimşek çaktı.

İşte bu, işte bu! Bu obi! Bu kâğıt!

Bunu bir yerde görmüştüm. Kesinlikle daha önce görmüştüm!

Ne zaman? Nerede?

Taş kesilmiş gibi hâlâ o kâğıt pakete bakıyordum.

Çaresizlik içinde, beynimi sarsarak her şeyi hatırlamaya çalıştım.

Evet! Ben bu kadını öldürmeye çalıştım. Bu kadını, Tsuyuko'yu. Benim kurbanım o olmalıydı!

Ardından beynimde fırtınalar, gökgürültüsü ve şimşekler çaktı!

Tsuyuko'ya tek bir söz bile söylemeden hücreme kaçtım.

Unutma! Az önce hatırladığın şeyi unutma!

Dün bütün gün ve bütün gece, her şeyi hatırlamaya çalıştım.

Tsuchida-san, burada yazdığım korkunç gerçekler, bütün bir gece boyunca hatırlayıp düşüne düşüne izini sürdüğüm şeylerdir.

Evet öyle. Bunlar hiçbir yalan barındırmayan gerçeklerdir. Ben karımı öldürmeyi denedim. Sueko İshihara'yı ise öldürmeye çalışmadım ve öldürmedim.

Bana kalırsa, Sueko kazayla öldü.

Hafızamı tamamıyla geri kazandığımda, eski dostum olan sizin, tam da bu mahkemenin savcılık ofisinde olduğunuzu hatırladım.

Bu anlattıklarıma inanacak tek kişi siz olabilirsiniz. Sözlerimde tek bir yalan olmadığına inanacağınızı biliyorum.

İnanılmaz olsalar bile gerçekler gerçektir. Bunu değiştirmek mümkün değildir.

Az önce de söylediğim gibi, derhal sorgu hâkimiyle görüşüp tüm olanları açıklamak niyetindeyim. O zaman belki Sueko İshihara cinayetinin şüphesinden aklanabilirim. Aklanmak zorundayım.

Ancak, kanunlar karşısında Tsuyuko'ya olan sorumluluğumdan elbette ki kaçamam ve kaçmak gibi bir niyetim de yok.

Böylesine uzun bir mektup yazıp sabrınızı zorladığım için beni bağışlayın. Tsuchida-san, paylaştığımız o dostluk adına, size tekrar tekrar sesleniyorum. Lütfen bana inanın. Lütfen söylediklerime inanın.

ONLARI ÖLDÜRDÜ MÜ?

I

Eğer sizler gibi bir polisiye roman yazarı olsaydım, bu anlatacağım davayı sürükleyici bir polisiye roman haline getirip yayımlardım. Oysa sadece bir hukukçu olan ben, muhtemelen uyduruk ve garip bir roman yazıp kendimi gülünç duruma düşürmekten öteye gidemem. O yüzden şimdi sizlere bu davayı olduğu gibi anlatacağım. Ve sonunda, henüz hiçbir yerde yayınlanmamış, kimsenin bilmediği gizemli bir hatırat okuyacağım. Elbette ben bir hukukçu, bir avukat olarak davaya müdâhil olduğumdan bunun aracılığıyla öğrendiğim gerçeklerin dışında hiçbir varsayımda bulunmadan veya spekülasyon yapmadan, sadece olanları anlatacağım. Bu nedenle anlatımım sizin yazdığınız romanlar kadar ilginç olmayabilir. Fakat öyle olduğunu düşünürseniz, içinizden birinin bunu bir roman haline getirip yayımlamasını öneririm. Buna değecek bir hikâye olduğunu düşünüyorum.

Önce sırasıyla bu davanın nasıl geliştiğini anlatacağım.

Dava dediğim –böyle deyince hemen anlayacağınızı düşünüyorum– geçen yıl bir yaz gecesi Sagami'deki K adlı kasabada meydana gelen bir trajediydi. O zamanlar, Tokyo'daki tüm gazeteler kapsamlı bir şekilde haber yaptığı için elbette hepiniz biliyorsunuzdur. Ancak hafızanızı tazelemek için en başından başlayacağım.

Geçen yıl 16 Ağustos gecesi, aslında tam olarak 17 Ağustos sabahı saat bir buçuk civarı –o gün akşam saatlerinden itibaren Tokyo Bölgesi'nde büyük bir fırtına olduğunu belki hatırlayanlarınız vardır– Tokyo yakınlarında kalabalık bir tatil beldesi olan K kasabasındaki bir villada, korkunç bir trajedi yaşandı. K kasabası, eskiden beri insanların yaz sıcağından kaçmak için sığındığı, deniziyle ünlü bir sahil kasabasıydı ve son zamanlarda üst ve orta sınıf için konutlar inşa edilince daha da canlı bir yer haline gelmişti. Özellikle yaz aylarında, Tokyo ve çevresinde yaşayanların bir numaralı tercihiydi. Böylesine hareketli bir kasabada ansızın meydana gelen bir trajedi olduğu için insanlar üzerindeki etkisi muazzam olmuştu.

Trajedinin yaşandığı yer, Seizō Oda isimli genç bir işadamının villasıydı. Kurbanlar ise Oda ailesinin genç reisi Seizō (o sırada otuz üç yaşındaydı) ve eşi Michiko'ydu (yirmi yaşındaydı). Bir gecede bu iki insan korkunç bir şekilde hayatını kaybetti.

Oda ailesinin ataları ticaret yaparak muazzam bir servet edinmişti. Fakat Seizō ortaokuldayken babasını kaybetmiş ve annesi tarafından büyütülmüştü. Doğuştan zayıf bir bünyesi olduğu için üniversite eğitimini yarıda bırakıp kendini sağlığını düzeltmeye adamıştı. Tabii ki böyle büyük bir servetin sahibi olarak epeyce meşgul olduğuna şüphe yoktu. Ancak işlerin çoğunu annesine bırakmıştı ve zamanının çoğunu K kasabasındaki villasında geçiriyordu. Zengin bir ailenin küçük beyi olarak pohpohlanmasının yanı sıra, zayıf bünyesi yüzünden de büyük bir özenle yetiştirildiği için zengin sınıfa özgü şımarık ve bencil bir tarafı vardı. Buna karşılık, sessiz bir kişiliği olduğu için insanlarla tartıştığı pek görülmemişti. Ayrıca hiç yakın arkadaşı yoktu; zengin olmasına rağmen yalnız bir hayat sürdürdüğü söylenebilirdi. Özellikle geçen yılın sonlarından itibaren, eskiden beri var olan akciğer hastalığı daha da şiddetlenmişti. Bunun üzerine bir de sinir nöbeti geçirince karısıyla birlikte temelli olarak K kasabasına yerleşmiş ve artık Tokyo'ya dönmeksizin, burada yaşamaya başlamışlardı.

Karısı Michiko, birkaç yıl önce ölen Kavakami adlı ünlü bir üniversite profesörünün kızıydı. Doğuştan zeki olmasının yanı sıra son derece güzeldi. Belki de içinizde onunla tanışmış olanlarınız vardır. Dedikodulara bakılırsa, K kasabasına yerleştiklerinden itibaren kasabanın kraliçesi olduğu söylenecek kadar güzeldi. Bir hukukçu olarak onun güzelliğini tarif edecek sözleri bulmak benim için zor olsa da özetle son derece güzel ve hatta son günlerin moda tabiriyle, cinsel çekicilik denilen şeye fazlasıyla sahip bir kadındı. Zaten kız okulundaki öğrencilik yıllarından beri güzelliğiyle nam salmıştı; öyle ki onu bir kez görenler, hemen onun tutkulu hayranlarının arasına katılıyorlardı. Bu yüzden, etrafında her zaman o tutkulu hayranlardan oluşan birçok genç adam vardı. Üstelik babasının ölümünden sonra daha da özgür kaldığı için onu çevreleyen bu hayranların –özellikle de erkeklerin– sayısı gün geçtikçe artıyordu. Bunların arasında müzikten hoşlanan genç, bekâr bir kont da vardı. Sık sık birlikte Ginza'da yürüyüş yaparken görülüyorlardı. Yine, edebiyat tutkunu olan önemli bir politikacının oğluyla sıklıkla tiyatroda boy göstererek görenleri kıskandırıyordu. Bu yüzden gelecekte kiminle evleneceği konusu herkes için ciddi bir mesele haline gelmişti.

Bir üniversite profesörünün kızı olarak doğmuştu; güzel, zeki, müzikten ve edebiyattan anlayan biriydi, üstelik pek çok insanla görüşmesine rağmen biz kez bile davranışlarından dolayı eleştirilmemişti. Genç kızın bir kontes mi yoksa önemli bir politikacı ailenin gelini mi veya gelecek vadeden bir sanayicinin karısı mı olacağı tamamıyla kendi isteğine kalmıştı.

Bu nedenle, üç yıl kadar önce aniden Seizō Oda ile evlendiğinde insanlar oldukça şaşırmıştı. Birinin son derece büyük bir servetin sahibi; diğerinin epeyce nüfuzlu bir ailenin kızı ve üstelik rakipsiz bir güzelliği olduğu düşünüldüğünde, uyumsuz bir eşleşme olmadığı kesinlikle ortadaydı. Ancak insanların bu eşleşmeyi şaşırtıcı bulmasının bir sebebi vardı.

Şaşırtıcı olan, bu iki insanın evlenmeden önce birbirlerini neredeyse hiç tanımıyor olmasıydı. Yani bu evlilik, tam anlamıyla geleneksel Japon usulü, bir görücü evliliğiydi. Michiko'nun kişiliğini bilenlerin buna şaşırması çok da anlaşılmaz değildi. Onun gibi modern bir kadının böyle bir evlilik yapmış olması herkes için tahminlerin ötesindeydi. Michiko'yla olan ilişkilerinden epeyce emin olanların yaşadığı hayal kırıklığını ise anlatmaya bile gerek yok.

Böylece insanların şaşkınlığı arasında, iki aile istikrarlı

bir şekilde evlilik hazırlıklarına devam etti ve çok geçmeden genç ve mükemmel bir çift ortaya çıktı.

Onu tanıyanlar arasında, bunun Michiko'nun kendi isteği olmadığını, zengin gibi görünmesine rağmen aslında öyle olmayan ailesi için kendisini feda ederek bu zengin adamla evlendiğini söyleyenler bile vardı. Ve bunlar, bütünüyle asılsız iddialar değildi. Çünkü özellikle zeki kadınlar böyle şeyleri oldukça iyi düşünürler.

2

Evlendikten sonra bir yıl kadar çift hakkında herhangi bir dedikodu çıkmamıştı. Oda çifti son derece huzurlu ve sakin bir yaşam sürüyor gibiydi. Sadece, Michiko'nun her zaman olduğu gibi genç erkeklerle görüşüyor olmasına bazıları kaşlarını çatıyordu.

Birinci yılın sonunda, Seizō şiddetli bir akciğer zarı iltihabı geçirdi ve altı ay kadar yatak istirahati yapmak zorunda kaldı. Sonrasında K kasabasına çekilen çift, sadece hizmetçilerinin eşlik ettiği sakin bir evlilik hayatı sürdürmeye başladı.

İşte tam o sıralarda, ortalıkta tuhaf söylentiler dolaşmaya başladı. Michiko'nun gerçekten acınası bir hayat sürdürdüğü konuşuluyordu. Kocası Seizō onu hiç sevmiyor ve anlamıyordu. Bir başka dedikoduya göre ise hastalığından dolayı öfke nöbetleri geçiren Seizō, sıklıkla Michiko'yu azarlıyor ve hatta ona el kaldırıyordu. Oda ailesinin hizmetçileri birkaç kez onun karısını dövdüğünü görmüşlerdi.

Michiko'nun kocasından şiddet görmeyi kabullendiği ve sabırla buna katlanarak yaşadığı söyleniyordu. Bu söylenti sayesinde birçok insan, daima neşeli olan ya da en azından neşeliymiş gibi davranan Michiko'ya karşı sempati duymaya başladı. Aslında Michiko'nun, çok az sayıda insana yalnızlık içinde geçen evlilik hayatından bahsettiği söylense de nihayetinde bu dedikodular herkese yayıldı. Fakat insanlar bunu kesinlikle şaşırtıcı bulmadılar. Herkes görücü usulü, üstelik servet için yapılan bir evliliğin sonuçlarının bir kez daha net bir biçimde ortaya çıktığını düşündü. İnsanların Michiko'ya olan sempatisi artarken, kocası ve bir servet uğruna Michiko'yu feda eden annesine karşı olan ilginin kaybolmaya başladığını söylemeye bile gerek yok.

Öte yandan bir altı ay daha geçtikten sonra, bu kez Michiko hakkında pek de hoş olmayan söylentiler yayılmaya başladı.

Seizō'nun karısını dövdüğü söyleniyor olsa da Michiko'nun tavırlarına bakıldığında, kocasının onu kesinlikle kısıtlamadığı anlaşılıyordu. Yani belki de kocası onu bütünüyle görmezden geldiği için böyle davranıyor olabilirdi. Fakat kocası kayıtsız kalıyor olsa da Michiko'nun serbest tavırları artık toplum tarafından görmezden gelinemeyecek bir hal almıştı.

Michiko'nun evini her zaman soğuk bir hapishane olarak düşünmesi ve buna katlanabilmesi, insanların ona karşı sempati duymasını sağlarken, bir yandan da davranışları hakkındaki söylentiler için onun aleyhinde bir zemin oluşturdu. Herkes onun genç öğrencilerle çıkmasını şiddetle eleştirmeye başladı. İçlerinden özellikle birinin Michiko'yla yakın olduğunu açıkça söyleyenler bile vardı. Buna rağmen Michiko bu söylentileri hiç duymamış gibi davranıyordu. Tüm bunlara Michiko'dan daha da kayıtsız kalan –en azından öyle görünen– kişi ise kocası Seizō'ydu.

Fakat bu trajediyle birlikte, Michiko'nun herkes tarafından eleştirilen o davranışları açığa çıkacaktı.

Bu şekilde, etrafta dönen türlü dedikodulara rağmen bu uyumsuz çift, K kasabasındaki evlerinde sakin bir yaşam sürüyordu. Oda ailesinin yaşantısı, malum olay meydana gelene kadar aşağı yukarı böyleydi.

Şimdi, geçen yılın 16 Ağustos gününe gelelim. O gün öğleden sonra, Oda ailesinin K kasabasındaki evinde iki erkek misafir vardı. İkisi de Oda çiftiyle iki, üç yıldır tanışıyordu. Biri K Üniversitesi'nde öğrenci olan yirmi beş yaşındaki Gō Tomoda, diğeri ise o zaman yirmi dört yaşında ve başka bir üniversitede öğrenci olan İchirō Ōdera'ydı. Seizō Oda ile aynı okula giden Tomoda, hatırı sayılır bir ailenin oğluydu. O sıralar K kasabasının dışındaki kiralık bir evde yaşıyordu. Fakat kendini yalnız hissettiği için öğleden sonra Oda çiftini ziyarete gelmişti. Ōdera ise, Michiko'nun babasının eskiden çalıştığı üniversitede öğrenciydi. Ancak Ōdera, Tomoda'yla farklı bir çevreden geliyordu. Sonradan öğrendiğime göre, Ōdera'nın babası eskiden Michiko'nun babasından büyük destek ve yardım görmüştü. Doğuştan inatçı olmanın yanı sıra bir de insanları dava etme meraklısı denilebilecek bir insan olan babası, sürekli yasal konularda sorun çıkarıp tartışmaya girerek memleketteki küçük servetini tamamıyla tüketmiş ve İchirō daha ortaokuldayken ölmüştü. Ardından annesi de ölüverince, akrabaları İchirō'ya yardım etmiş ve en azından üniversiteye gidebilmesi için Michiko'nun ailesinden ricada bulunarak Tokyo'da bir üniversiteye girmesini sağlamışlardı. Böylece ortaokuldan mezun olduktan üç yıl sonra pek çok kişinin yardımıyla nihayet Tokyo'daki bir üniversiteye girmişti ve şehir merkezinden uzak bir pansiyonda yaşıyordu. O gün yaz tatilinin ortasıydı ve eskiden beri Oda çiftiyle ahbap oldukları için günü birliğine K kasabasına yüzmeye gelmişti. Bu noktada belirtmeliyim ki hem Tomoda hem de Ōdera, tam da o sıralar Michiko'yla son derece yakın –hayır, aslında yakından da öte– olduğu söylenen kişilerdi.

O gün öğleden sonra Tomoda ve Ōdera, Michiko ile birlikte yüzmeye gitmişlerdi. Ancak daha önce de bahsettiğim gibi, o gün akşamüzerinden itibaren şiddetli bir fırtına başlamıştı. İlerleyen saatlerde gökyüzü tehditkâr bir görünüme bürününce Michiko'nun uyarısıyla iki genç hızla denizden çıktılar.

Seizō alışılmadık biçimde, o gün kendini iyi hissediyor gibiydi. İki misafir denizden döndüklerinde, "Tam dört kişiyiz. Mahjong* oynayalım mı?" dedi. İki misafir, sürekli Oda ailesinin K kasabasındaki evine girip çıktıkları için bu oyunda oldukça ustalaşmış gibiydiler ve böylece dördü hemen mahjong oynamaya başladılar.

Oyun, yarım saat süren akşam yemeğinden –olaydan sonra sorgulananların ifadeleriyle de tamamen doğrulandığı gibi– saat beş buçuk civarı başlamıştı. Yani akşam yemeğinden hemen sonra, dördü masanın etrafında toplanıp taşları takır tukur birbirine çarparak oyuna başlamışlardı. O sırada, hava iyice kötüleşmiş ve tam anlamıyla bir fırtınaya dönüşüvermişti.

Ben mahjong hakkında pek bir şey bilmem; fakat bu oyunda tur atlamanın bazen iyi oyuncular için bile epeyce

---

* Mahjong: Japonya ve Güneydoğu Asya başta olmak üzere, tüm dünyada tanınan ve prensip olarak dört kişiyle oynanan Çin kökenli oyun. Japonya'da Meiji Dönemi'nden itibaren tanınmaya başlamıştır. Genellikle 34 farklı dizayndaki 136 taşla ve Japonya'ya özgü kurallarla oynanır. *–çn*

zaman gerektirdiği söyleniyor. O akşam art arda –sekiz turdan oluşan– iki oyun oynamak üzere anlaşmışlardı. Ancak sekiz tur sona erdiğinde yağmur hâlâ çok şiddetliydi ve kolay kolay dinecek gibi görünmüyordu. Michiko büyük farkla galip geldiği için sonuncu olan Seizō'nun canı sıkkındı ve şaşırtıcı biçimde kendini oyuna kaptırmıştı. Dört tur daha oynamayı teklif ettiği için yeniden oyuna devam etmiş ve sonuçta toplam on iki tur oynamışlardı.

Bu arada, oyun bittiğinde saat neredeyse on iki olmuştu. O sırada rüzgâr dinmiş olsa da yağmur hâlâ devam ettiğinden ev sahibi karı-koca ısrarla misafirlerine o gece kalmayı teklif ettiler. Fakat Tomoda, evi zaten K kasabasında olduğu için bu teklifi geri çevirerek arabayla evine döndü. Ōdera ise, tren seferleri bittiği ve zaten hava da kötü olduğundan Oda'ların evinde kalmaya karar verdi.

Hizmetçilerin anlattığına göre, evin beyi artık yatacağını ve onların da odalarına çekilebileceklerini söylediğinde, saat on ikiyi biraz geçiyordu. Bunun üzerine hizmetçi kızlardan ikisi, O-tane ve O-haru* herkesin yatmaya gitmesini bekledikten sonra odalarına çekilmişlerdi. O sırada, az önce de söylediğim gibi, bardaktan boşanırcasına yağmur yağıyordu.

Burada biraz Oda ailesinin evinden bahsetmek istiyorum. Bu ev, tamamıyla Japon tarzı bir yapıydı. Üst katında ev sahibi çiftin yatak odası ve Seizō'nun çalışma odası; alt katta ise tatami döşeli iki oda vardı. Çalışma odasının tam altına denk gelen oda, o gece Ōdera'ya verilmişti. Ōdera'nın oda-

* O-tane, O-haru: Japonya'da eskiden saygı veya samimiyet belirtmek amacıyla, kadınların isimlerinin önüne 'O' eklenirdi. –*çn*

sının bulunduğu koridordan biraz ilerleyince hizmetçilerin odası ve mutfaktan dışarı çıkıldığında ise bir başka bina vardı. Burada eski bir bahriyeli olan Jinbei adlı uşak kalıyordu.

Şimdi, zaten deminden beri uykulu gözlerini ovuşturan iki hizmetçi, efendilerinin iznini alınca hemen odalarına çekilerek döşeklerini sermiş ve diğer çalışanlardan farksız olarak, kısa sürede güzel bir uykuya dalmışlardı.

Çok geçmeden hizmetçi kız Otane, birden gözlerini açtı. Sanki epeyce uyumuş gibi hissetmiş ve güzel bir uykudan uyandığını sanmıştı. Her zamanki alışkanlıkla başucunda duran, efendisinin verdiği çalar saate baktı. Saat ise henüz gece bir buçuk civarıydı. Yağmur hâlâ yağıyordu. Rahatlayan Otane yeniden uykuya geri dönmek üzereyken, ansızın birinin çığlık attığını duydu. Hemen peşinden, üst kattan sanki sürgülü kapı düşmüşcesine bir gürültü duyuldu.

Otane, neredeyse bir çığlık atacakmış gibi oldu fakat bunun yerine telaşla geceliğini çekip sımsıkı vücuduna sararak yatağın içine saklandı ve bir süre nefesini tuttu. Sonra korka korka başını yataktan çıkararak etrafı dinlediğinde, yeniden inlemeye benzer bir ses duydu. Daha fazla dayanamayarak, yanında derin derin uyuyan Oharu'yu sarsarak uyandırdı. Oharu olanları duyunca korkudan titremeye başladı. İki kız, uşağı uyandırmaya karar verdiler.

Bu arada, uşağı uyandırmak için –az önce söylemiştim– mutfak kapısından çıkıp diğer binaya geçmek gerekiyordu. Yağmurun böylesine şiddetli olduğu bir gece yarısı, iki kız için bu son derece korkutucu ve zor bir işti. Bunun üzerine, kızlar koridorun az ilerisindeki tatami odada kalan misafiri uyandırmaya karar verdiler.

İki kız, korkuyla titreyerek nihayet Ōdera'nın kaldığı odaya vardı ve kapının önünde alçak sesle iki-üç kez Ōdera'nın adını seslendiler. Fakat cevap yoktu. Cesaretlerini toplayarak odanın sürgülü kapısını açtıklarında, uyuduğunu düşündükleri Ōdera'nın döşeğinin, kabuk değiştiren bir yılanın arkasında bıraktığı deri gibi bomboş olduğunu gördüler. Odanın ortasında şaşkınlık içinde bakınırken, tam bu odanın üstüne denk gelen çalışma odasından biri düşmüşçesine bir ses duyuldu. Kızlar çığlık atarak odadan çıktı ve doğruca uşak Jinbei'nin odasına gidip dürtükleyerek onu uyandırdılar. Kırklı yaşlarındaki bu eski bahriyeli enerjik uşak hemen eline büyük bir sopa aldı ve iki kızı sakinleştirerek üst kata koştu.

Bu, trajediye –onun bir parçası olanlar dışında– bir başkasının tanıklık ettiği ilk andı. Üst kata koşan Jinbei ve korka korka onun peşinden giden iki hizmetçi, yukarı çıkar çıkmaz, görenlerin kanını donduran korkunç bir manzarayla karşılaştılar.

Merdivenlerin tam karşısında Oda çiftinin yatak odası vardı ve odanın sürgülü kapısı tam ortadan açık –daha doğrusu sürgülü kapının bir kanadı tamamen yerinden çıkmış– olduğu için içerisi net olarak görülebiliyordu. Odanın bir köşesindeki gül ağacından yapılmış masanın üzerinde duran başucu lambası, beş mumluk loş bir ışıkla odayı aydınlatıyordu. Cibinliğin kancalarından ikisi kopmuş ve bir tarafa doğru sarkmış gevşekçe sallanırken, diğer tarafı öbür köşeye doğru itilmişti. Başucu masadan tarafa gelecek şekilde serilmiş iki döşek vardı. Soldaki döşekte Michiko yatıyordu. Hayır, aslında kanlar içindeydi ve inliyordu. Göğsünün üst kısmı çıplaktı ve kimono kordonu gibi bir şeyle elleri arkasından bağlanmış ve sonra o kordonun ucu boğazının çevresine dolanmıştı. Dolgun beyaz memelerinin çevresinden kıpkırmızı kan akıyor ve Michiko'nun her inlemesiyle jelimsi bir sıvı halinde aşağı doğru süzülüyordu.

Hemen yanındaki döşekte, vücudunun yarısı döşeğin baş tarafından dışarı çıkmış, başını masaya dayamış bir hâlde yüzükoyun uzanmış olan Seizō yatıyordu. Michiko çoktan ölmüş gibiydi; Seizō ise can çekişiyor gibi görünüyordu.

Ben böyle anlatınca uzun gelmiş olabilir fakat elbette Jinbei ve hizmetçilerin tüm bunları görmesi sadece bir saniye içinde olmuştu. Hayır, aslında Otane'nin gözünü açmasından bu sahneyi görmelerine kadar geçen sürenin bile son derece kısa olduğunu söylemeye gerek yok.

Efendisine olanları gören Jinbei, hemen onun yanına koşarak arkasından sarıldı. Seizō'nun kimonosu kanla kaplıydı ve sadece ağzından kan kusmakla kalmıyor, göğsünün sağ tarafından da kan akıyordu.

Jinbei onun kalkmasına yardım ederken Seizō, Jinbei'in yüzüne baktı ve, "Ōdera... Ōdera..." diyerek, kalan son gücüyle bağırdı.

Derken, bu çığlığı duyduğu için midir bilinmez ama o âna kadar ölmüş gibi duran Michiko, aniden inledi ve ardından, "İchirō..." dedi net bir şekilde.

İkisinin bu sözlerini, o anda orada bulunan Jinbei de iki hizmetçi kız da gayet açık bir biçimde duymuştu. Ve çift, bu kelimeleri söyledikten kısa bir süre sonra, neredeyse aynı anda son nefeslerini verdiler.

"Ōdera" adını duyan Jinbei, ilk kez Ōdera'nın nerede olduğunu düşündü. Şaşkınlıkla etrafına bakındığında, hemen yandaki çalışma odasında heykel gibi duran bir erkek silüeti gördü. Söylemeye bile gerek yok, elbette ki bu adam Ōdera'nın ta kendisiydi. Üzerinde kana bulanmış pijamalarıyla –pijamaları sanki bir boğuşma yaşanmışcasına perişan bir vaziyetteymiş– sağ elinde parlayan bir şey tutuyor, sanki derin meditasyona dalmış biri gibi karanlığın içinde sessizce ayakta duruyordu.

Cesur Jinbei, birden elindeki sopayı kaldırarak Ōdera'nın sağ elini hedef aldı ve vurmaya başladı. Ōdera'nın elindeki cinayet silahına benzeyen şeyin düşmesiyle birlikte Jinbei, Ōdera'yı yakaladı. Ōdera zaten bunu bekliyormuş gibiydi; hiç karşı koymadı. Jinbei derhal bir kimono kordonuyla onu bağladı ve şaşkınlık içindeki hizmetçi kızlara, hemen polisi arayıp durumu haber vermelerini emretti. Böylece derhal soruşturma faaliyetleri başladı. O zamanki gazeteler, bu davanın nasıl geliştiğini hızlıca duyurduğu için hepinizin durumu yeterince bildiğine inanıyorum. Bu yüzden detaylara girmeyeceğim. Fakat önemli olduğunu düşündüğüm birkaç noktaya değinmek istiyorum.

3

Sonradan öğrendiğim kadarıyla olayı haber alan savcı, hemen sorgu hâkiminden tutuklama emri talep etmiş ve ölüm nedeninin belirlenmesi, olay yeri incelemesi, cinayet silahının emniyete alınması gibi işlemlerin tamamı sorgu hâkimi tarafından gerçekleştirilmişti. Şimdi bahsedeceklerim, kısmen bu soruşturmaların sonucunda edindiğim bilgiler ve kısmen de o zamanlar zaten halk tarafından da bilinen şeylerden oluşuyor. O yüzden benim olayları öğrendiğim zamanki sıralaması epeyce farklı olmakla birlikte, burada hukuksal süreci gözardı ederek sizlere o anki durumu anlatacağım.

Tabii ki, Seizō Oda ve karısı Michiko'nun ölüm sebebinin cinayet olduğu belirlendi. Ve yine cinayette kullanılan silahın oldukça keskin bir bıçak olduğu ortaya çıktı. Seizō'nun bedenini çevreleyen kan gölünün akciğer kanamasından kaynaklandığı anlaşıldı. Ancak asıl ölümcül yara, göğsünün sağ tarafına aldığı bıçak darbesiydi. Pijamasının üstünden bıçaklanmıştı ve alnında da bir çürük vardı. Fakat bunun başını masaya çarptığı zaman meydana gelmiş olabileceğine karar verildi. Yani Seizō'nun yarası sadece bir noktadaydı.

Michiko ise, daha önce de belirttiğim gibi, acımasız ve korkunç bir şekilde öldürülmüştü. Göğsünün sağında ve solunda birer adet ve sağ yanağında hafif bir kesik olmak üzere, toplam üç yarası vardı. Ölümcül yara ise göğsünün sol yanındaki bıçak darbesiydi. Üzerindeki gecelik, kuşağından yukarısı yırtılarak çıkarılmış, kimono kordonuyla elleri arkasından sıkıca bağlanmıştı. Muhtemelen elleri bağlanırken karşı koymak için debelendiği veya bağlandıktan sonra kurtulmaya çalıştığı için her iki bileğinde sürtünmeye bağlı yaralar ve boyun bölgesinde boğazına sarılan kordon yüzünden oluşmuş sıyrıklar tespit edildi.

Ayrıca karı kocanın hemen hemen aynı zamanda son nefesini verdiği belirlendi.

Suçlu, elbette ki İchiro Ōdera'ydı ve olay yerinde suçüstü yakalanmıştı. Buraya kadar bir sorun yoktu. Ōdera'nın elinde tuttuğu şey, Seizō Oda'nın her zaman çalışma odasında bulundurduğu bir sustalı bıçaktı ve yapılan inceleme sonucunda, kurbanların yaralarının bu bıçakla uyumlu olduğu doğrulandı.

Ōdera, hiç direnmeden tutuklanmış olmasına rağmen polis merkezine getirildiğinde ağzını bile açmadı. Sanırım iki gün kadar tek kelime etmedi.

Savcı, Oda çiftinin öldürülmesiyle ilgili olarak hemen Ōdera hakkında suçlamada bulundu.

Ben bu davaya, Ōdera'nın çok yakın arkadaşı olan bir aristokrat tarafından talep edildiği için dâhil oldum. İchiro Ōdera, sessiz bir kişiliğe sahip olmasının yanı sıra keşke kadın olsaydı denilecek kadar güzel bir genç olduğu için kendi çevresine kıyasla oldukça farklı insanlarla görüşüyordu. Fakat özellikle bu aristokrat, güzelliğini ve kişiliğini sevdiği için olsa gerek, onun en büyük koruyucusuydu. O yüzden, tüm bu karmaşanın yaşanmasından hemen sonra ofisime geldi ve Ōdera'nın birini öldürebileceğine kesinlikle inanamadığını söyleyerek onun için elimden geleni yapmamı istedi. Böylece ben de olayı dikkatlice incelemeye karar verdim.

Ancak ben bu davayı aldığımda; savcı çoktan iddianameyi hazırlamış, önceleri sessizliğini koruyan Ōdera suçunu itiraf etmiş ve tüm bunlar gazetelerde geniş çapta duyurulmuştu. Yanımda o zamanın gazeteleri var, içlerinden birini okuyalım.

K Kasabası'nda İşadamı Seizō Oda ve Eşini Öldüren Zanlı Nihayet İtiraf Etti!
–Bir Tutku Cinayeti: Yüksek Sosyetenin Şaşırtan İlişkileri Gün Yüzüne Çıktı–

K kasabasında yaşayan işadamı Seizō Oda ve eşinin öldürüldüğü olay mahallinde suçüstü yakalanan ancak düne kadar inatla tek kelime etmeyen İchirō Ōdera (24), yetkililerin sıkı sorgulaması karşısında daha fazla dayanamayarak, nihayet dün gece cinayeti itiraf etti. Böylece, görünüşte bir böceği bile öldüremeyecek gibi duran bu yakışıklı gencin, iğrenç ve kana susamış bir katil olduğu ortaya çıktı ve aynı zamanda bu itiraf, günümüz yüksek sosyetesinin aile hayatının nasıl bir ahlaksızlık içinde olduğunu da gözler önüne serdi.

Bu acımasız ve dehşet verici cinayetin sebebi tamamıyla tutku ve şehvetti. İğrenç ve ahlaksız bir aşk ilişkisiydi. Genç ve güzel Michiko, aslında yaklaşık bir yıldır Ōdera'yla bir ilişki yaşıyordu. Ōdera'nın Michiko ile tanışması iki yıl öncesine dayanıyordu. Kendisini hiç sevmeyen, hastalıklı ve sürekli ilaçlara bağımlı olan kocasıyla yalnız ve mutsuz bir aile yaşantısı sürdüren Michiko, sadece birkaç görüşmeden sonra bu yakışıklı gence âşık olmuştu. Diğer yandan, bir süredir yalnızlık çeken Michiko'ya karşı ilgi duyan Ōdera, ondan birkaç tatlı söz duyunca, kendisinin sadece bir öğrenci olduğunu unutup hemen zinanın tatlı içkisiyle sarhoş oluverdi. İkisi arasındaki ilişki, karısının davranışlarını kesinlikle kısıtlamayan kocanın tutumuyla, gitgide daha da derinleşti ve ikili bu durumdan faydalanarak gizli gizli buluşmaya başladılar. Bazen Michiko, Ōdera'yı kaldığı pansiyonda ziyaret ediyor, bazen Tokyo İstasyonu'nda buluşup birlikte şehir dışına çıkarak kepazeliğin her türlüsünü yapıyorlardı.

İchirō'nun itirafından sonra hemen kaldığı pansiyonda inceleme yapıldı. Bu incelemede, Michiko'nun İchirō'ya yazdığı yüzden fazla mektubun ele geçirildiği söyleniyor. Ancak Michiko'nun kalbi, kısa bir süre önce başka dallara konmaya başladı ve sadakatsiz âşık Michiko, sonuçta Ōdera'nın arkadaşı Gō Tomoda'ya (o gün K kasabasına gelen öğrenci) âşık oldu. İşte bu, cinayetin arkasında yatan asıl sebepti.

16 Ağustos akşamı, Michiko yüzsüzce iki sevgilisi ve kocasıyla mahjong oynuyordu. Aslında mahjong oynamak bahanesiyle, üç adamla oynuyordu. Fakat Michiko'nun fırsatını bulup da Tomoda'yla gizli buluşmaları için gün kararlaştırdığı sırada tesadüfen ikisinin konuşmalarına kulak misafiri olan Ōdera, öfkeden deliye dönerek Michiko'nun gerçek niyetini öğrenmeye karar verdi. O gece gözünü bile kırpmadı, Michiko'yla konuşmak için bir fırsat kolluyordu. Şans eseri, gece yarısı Michiko alt kattaki tuvalete inince, Ōdera onu kucaklayarak bu yasak ilişkiye devam etmeye zorladı. Ancak artık hisleri değişen Michiko, bunu kesin ve kaba bir şekilde reddettiği için Ōdera o anda ikisini birden öldürme arzusuna kapıldı ve gece yarısı çiftin yatak odasına gizlice girerek önce Seizō'yu ağır şekilde yaraladı. Kalbinin nefretle dolduğu Michiko'yu ise kasıtlı olarak hayati organlarından kaçınarak yaraladı ve acı çektirerek, yavaş yavaş öldürdü...

Bu yazı, nispeten ılımlı olmasına rağmen çoğunluğu sansasyonel bir tarzda kaleme alınmış, okuyucuların merakını körüklemek için o akşamki olaylar ya da Michiko'yla İchirō'nun aşk ilişkisi anlatılmıştı.

Ancak bütün gazeteler, Michiko'nun trajik ölümünü ahlaksız davranışlarından dolayı hak ettiği bir son, bir ceza olarak gördü ve karısını kaybetmekle kalmayıp hayatını da kaybeden Seizō'ya karşı sempati göstermekten çekinmedi. Öte yandan, bir iki gazete Kavakami ailesini ziyaret ederek Michiko'nun dul annesiyle yaptıkları görüşmeyi yayımladı. Böylece, Michiko'nun rezil davranışlarının yanı sıra para için kızını kurban eden annesi de daha fazla eleştirilerin hedefi haline geldi.

Bu davaya bakmam istenildiğinde, daha önce de söylediğim gibi, savcı iddianamesini hazırlamış ve dava ön duruşmaya kadar ilerlemişti. Bildiğiniz gibi bu aşamada sanıkla görüşmek yasaktı ve elbette ne savcı ne de sorgu hâkimi davanın detayları hakkında konuştuklarından benim de herkes gibi sadece dışarıdan araştırıp gerçekleri bulmaya çalışmaktan başka seçeneğim yoktu. O yüzden, bu davayla ilgili o zamana kadar olan bilgileri sadece gazetelerden edindim. Tabii ki sonrasında da elimden geleni yaptım. Mesela, Gō Tomoda'yla görüşmeyi başardım. Fakat ondan öğrenebildiğim tek şey, Oda çiftinin ilişkilerinin etrafta söylendiği gibi son derece soğuk ve gergin olduğuydu. Michiko'ya gelince, Tomoda, Michiko'yla özel bir ilişkisi olduğu bilgisinin kesinlikle asılsız olduğunu iddia ederek özellikle o akşam Michiko'yla gizli bir konuşma yaptığına dair haberin tamamıyla gazetelerin uydurması olduğunu söyledi. Ancak Michiko'nun Ōdera'yla olduğu gibi kendisiyle de yakın bir ilişkisi olduğu söylentisi gerçek gibiydi ve Tomoda bunu tam olarak reddetmedi. Sadece bu da değil, kendisi de Michiko'dan çok sayıda mektup almıştı ve Michiko bu mektuplarda zaman zaman oldukça üzücü şeylerden bahsetmişti. Bir keresinde, Tomoda'ya kocasının acımasızlığından şikâyet etmiş ve iki kolundaki yeni oluşmuş çürükleri göstererek ondan ilgi beklemişti. Ancak Tomoda, bunun dışında aralarında bir ilişki olmadığını iddia etti. Michiko ile Ōdera'nın ilişkisi hakkında ise pek fazla bir şey bilmiyor gibiydi. Bununla beraber, Ōdera'nın Michiko'ya çok âşıkmış gibi göründüğünü düşünüyordu. Söylediklerinin hepsi bundan ibaretti.

4

Genellikle gazeteler suçlu gibi görünen birini yakaladıklarında, hemen o kişiyi gerçek suçluymuş gibi sunarlar. Okuyucuların da anlatılanları olduğu gibi kabul edip doğrudan inanmak gibi bir alışkanlığı vardır. Ve eğer sonunda o kişinin masum olduğu ortaya çıkarsa insanlar hemen polise ve yetkililere saldırarak insan hakları ihlali ya da işkence yapıldığı konusunda yaygara çıkarmak isterler. Ancak bir şüpheliyi hemen gerçek suçlu olarak düşünmek yanlıştır. Biz avukatların bakış açısına göre, savcı suçlamada bulunduktan sonra bile sırf şüpheli olduğu için o kişinin suçlu olduğu sonucuna varılmamalıdır. İddianame, sadece savcının, sanığın gerçek suçlu olduğuna ikna olduğunu gösterir ve elbette ki savcının böyle bir karar vermesi için epeyce sağlam bir gerekçesi olmalıdır. Fakat avukatlar olarak biz, dava sonuçlanıp suçu ispat edilene kadar kesinlikle şüphelinin gerçek suçlu olduğu yargısına varmamak gerektiğini düşünürüz. O yüzden, gazetelerde suçlu olarak ilan edilse bile bizim bakış açımıza göre hâlâ şüpheye yer vardır ve birçok durumda kolayca savunma yapılabilir.

Bu davanın detayları açıklanmadığı sürece hiçbir şey bilemeyeceğim için kafam çok karışıktı. Fakat görünüşe göre Ōdera dışında birinin suçlu olduğunu düşünmek mümkün değildi.

Dava mahkemeye taşınana kadar, durumu net olarak öğrenme şansım olmadı. Cinayetin işlenmesinden yaklaşık dört ay sonra, nihayet dava sorgu hâkiminin elinden çıkarak kamuya açık bir mahkemeye taşındı. Ve böylece İchirō Ōdera, Seizō Oda ve eşi Michiko'nun cinayet sanığı olarak yargılanacağını öğrendi.

Peki sadece şimdiye kadar anlatılan gerçeklerden yola çıkacak olursam eli boş bir hâlde davadan geri mi çekilmeliydim? Ōdera'nın suçlu olduğu konusunda en ufak bir şüphe yok muydu? Ben öyle düşünmedim. Elbette zeki olan sizler fark etmişsinizdir ki bu vaka söylendiği gibi gerçekleşmiş olsa bile oldukça şüpheli birkaç nokta vardı. Sanığın savunmasını üstlenip elimden gelenin en iyisini yaparak gerçeği ortaya çıkarmaya karar vermemi sağlayan, işte bu şüpheli noktalardı.

İlk şüphem şuydu:

Cinayetin sebebi hakkında gayet makul bir açıklama yapıldığı için buna itiraz etmeyeceğim. Ōdera, Michiko'nun sevgisini Tomoda'ya yönlendirmesinden dolayı zaten öfkeliydi ve Michiko'yu bununla suçladığında, soğuk ve kaba bir şekilde kendisini tersleyip reddettiği için içinde onu öldürme arzusu uyanmıştı. Ancak Ōdera'nın cinayette kullandığı bıçağın kendisinin değil, kurbana, yani Seizō Oda'ya ait olduğu belirlendi.

Hedefteki kurban zayıf bir kadın olabilirdi fakat yanında kocası vardı. Ve hasta bir insan olsa bile hiçbir koşulda karısının öldürülmesini sessizce izlemesi mümkün değildi.

Bu nedenle, Ōdera o odada Michiko'yu öldürmek istiyorsa aynı anda kocasıyla da ilgilenmek, yani onu da öldürmek zorunda olduğunu biliyordu. Üstelik Ōdera'nın o odada bir sustalı bıçak olduğunu bilip bilmediği de kesin değildi. Öyleyse Ōdera iki insanı öldürme niyetiyle çıplak elle ve silahsız olarak onların odasına dalmış demek oluyordu. Normal şartlar altında bu biraz garip ve alışılmadık değil mi? Elbette Ōdera, Oda'ların evinde kaldığında henüz aklında öldürme düşüncesi yoktu. Ancak öldürme arzusuna kapıldıktan sonra, düşünmek için sadece beş dakikası bile olduysa en azından bir el havlusu olsun hazırlayabilirdi. Bazen boş bir sigara kutusu bile cinayet silahı olabilir. Dahası, Ōdera fiziksel açıdan zayıf, kadın gibi bir erkek olduğu için imkânsız olmasa bile bunun yeterince şüphelenilecek bir nokta olduğunu ve onların odasına hazırlıksız girmiş olamayacağını düşünüyorum. Bu şüpheyi açıklığa kavuşturursam, öldürme niyetinin olup olmadığı sorusunu gündeme getirebilirdim. Ve bu soru, son aşamada bu trajedinin yaşanmasından suçlu bulunsa bile bir şekilde sanığın yararına olabilirdi.

İkinci olarak, olay yeri hakkında düşünülmesi gereken şeyler vardı. Bu son derece önemli bir noktaydı.

Bir çiftin öldürülmesi durumunda genellikle önce kocayı öldürmek ya da onu bağlayıp kadını öldürmek veya tecavüz etmek şeklindeki vakalar yaygındır. Oysa bu vakada, kadının sadece belden yukarısı soyulmakla kalmayıp elleri arkasından bağlanmıştı. Üstelik anlatılanlar doğruysa, karı koca hemen hemen aynı zamanda can vermişti. Eğer gerçekten durum böyleyse asıl sorulması gereken soru, Ōdera'nın Michiko'dan intikam alabilmek için önce onu soyarak ellerini bağladığı, sonra yüzünden ve göğsünden yaralayarak öldürdüğü zaman boyunca Seizō'nun ne yaptığıydı. Ayrıca Michiko'nun kendisi, bu kanlı cinayet sırasında çığlık atmamış mıydı, bu nasıl açıklanabilirdi? Bu konuda sanık ne söylüyordu? Ve savcı ile sorgu hâkimi nasıl bir teori oluşturmuştu?

Şüphe deyince, değinmek istediğim bir başka konu daha var. Sizlerin romanlarında da sık sık geçtiği için sanırım ben daha söylemeden aklınıza gelmiştir; kurban Seizō'nun ölümcül yarası. Bunun, göğsünün sağ tarafındaki bıçak yarası olduğu belirlenmişti. Kurbanı önden bıçaklarken, suçlu solak olmadığı sürece sağ göğsünden bıçaklaması zor bir iştir. Bu kesinlikle sadece romanlarda değil, gerçek olaylarda da karşılaşılan ciddi bir durumdur. Suçlu sağ elini uzattığında eli tam kurbanın göğsüne denk gelecek bir pozisyonda olmadığı sürece, bu tür bir yaralama mümkün değildir. Fakat şimdiye kadar Ōdera'nın solak olduğu söylenmemişti. Bu durumda, bu yarayı açıklamak için başka bir teori oluşturmak gerekliydi. Mesela, ikisinin bıçak yüzünden mücadele ettiği ve bıçağın (ki, Ōdera'nın değil, Seizō'nun elinde olduğunu düşünmek daha doğaldır) kazayla Seizō'nun göğsüne saplandığı düşünülebilir. Bu nokta, son derece önemliydi. Çünkü bu durumda, Michiko'yu bir yana bırakırsak, Ōdera'nın Seizō'ya karşı bir cinayet suçu işleyip işlemediği sorusu gündeme gelirdi. Ve Seizō'nun cinayetinden suçlu bulunmadığı takdirde, diğer suçlamalardan dolayı suçlu bulunsa bile bunun nihai karar üzerinde büyük bir etkisi olurdu. Çünkü bu dava, sadece bir kişiyi mi, yoksa iki kişiyi mi öldürdüğü meselesinden farklıydı. Basitçe söylemek gerekirse; Ōdera, Seizō'yu değil de sadece

Michiko'yu öldürdüyse idam cezası almama ihtimali vardı. Bunun tersine, eğer Seizō'yu –yani zina yaptığı kadının kocasını– öldürdüğünü varsayarsak, Michiko'yu öldürmemiş olsa bile idam cezası alacağına şüphe yoktu.

Ōdera'nın tüm suçlamaları kabul ettiği söyleniyordu fakat tam olarak ne demişti? Daha önce sizlere okuduğum gazete yazısında da olduğu gibi itirafa ilişkin açıklamalar son derece üstünkörü olduğu için sorgulamanın detaylarının açıklanacağı günün gelmesini sabırsızlıkla bekliyordum.

Ancak bu sırada elbette ben de boş durmayıp çeşitli teoriler üzerinde düşünüyordum. Sizlere o sıralar düşündüğüm birkaç teoriden bahsetmek istiyorum.

Ya sanık bu suçu tamamıyla reddettiyse? Hem sanığın kesinlikle suçlu olmadığı bir teori yok muydu?

Bunları düşündüğümde, böyle bir teori üretmenin imkânsız olmadığına karar verdim. Polisiye roman yazarı olan sizlerin, benim gibi gerçekçi birine göre çok daha çeşitli fikirler ürettiğinize şüphem yok fakat size kendi teorilerimden birini anlatacağım.

Mesela şuna ne dersiniz? Karısını öldürenin Seizō Oda'nın kendisi olma ihtimali.

Ya Seizō Oda'nın, o gece karısının sadakatsizliğini keşfettiği için veya bunu önceden beri bilip o gece bir şeylerin tetiklediği şiddetli bir öfke yüzünden karısını zalimce öldürdüğünü varsayarsak?

Bir süredir karısının durumundan şüphelendiğini farz edelim. O gece ikisi arasında bir şeyler yaşanır ve koca nihayet karısının sadakatsizliğinden emin olur. Öte yandan Michiko en ufak bir pişmanlık göstermez, pişmanlık göstermek bir yana bazen diğer iki erkeğe karşı garip davranışlar sergiler. En sonunda Seizō, karısını öldürmeyi kafasına koyar. Ancak kendisine ihanet eden karısını tek bir darbeyle öldürmek yetmeyecektir.

Bu yüzden, gece yarısı karısı uykuya daldıktan sonra aniden üzerine atlayarak onu bağlar. Mümkün olduğunca acı çektirmek istediği için yüzünden ve göğsünden bıçaklar. O sırada, gürültüyü duyan Ōdera odaya dalar. Tabii ki Ōdera'ya da kızgın olduğu için bıçağı sallayarak ona saldırır ve bu boğuşmanın sonunda, tersine kendisi bıçaklanır. Böyle bir durumu düşünemez miyiz? Eğer öyleyse, Ōdera yasal olarak elbette ki Michiko'nun cinayetinden sorumlu olmazdı. Seizō'nun ölümü ise kasıtsız cinayet veya nefsi müdafaa olacağı için bu bir cinayet davası olmayabilirdi. İnsana sanki bir roman kurgusu gibi geliyor fakat ben bu teori üzerinde bir süreliğine ciddi ciddi düşündüm.

Öte yandan, bu teoriyle açıklanamayacak pek çok soru karşımıza çıkıyor. Her şeyden önce, karısını öldürmek veya işkence etmek isteyen birinin evde yatılı bir misafirin olduğu bir geceyi seçmesi, son derece uzak bir olasılıktır. Üstelik o gece, çiftin yatak odasının tam alt katındaki odada Ōdera kalıyordu. Batı tarzı bir evde bile oldukça zor olurdu, kaldı ki Japon tarzı bir evde, alt katta birileri varken –uyuyor olsalar bile– epeyce zaman gerektiren bir yöntemle birini öldürmek mümkün olabilir mi? Hepsi bir yana, böyle bir şey aklınıza gelir mi? Öfkeden deliye döndüğünü varsaysak bile karısını işkenceyle öldürme fikri böyle bir gecede ortaya çıkabilir mi? Seizō'nun Michiko'yu bir anda öldürdüğü senaryosunu bir yana bırakırsak, öyle zalimce bir eylemde bulunurken Ōdera'nın en azından olay yerine geleceğini tahmin etmemiş olması mümkün değildir.

Bir de Ōdera'nın neden çiftin yatak odasına o anda –yani Michiko çoktan bağlanıp yaralanmışken– koşup geldiği sorusu var. Eğer Michiko'nun çığlığını duyup odaya koştuğunu farz edersek bunu açıklamak imkânsız değil. Fakat bu durumda, Michiko elleri bağlanmak üzereyken zaten bağırıyor olmalıydı. Az önce, sanığın lehine olabilecek şüphelerim olduğunu söylerken eklemeyi unuttum; Michiko'nun ağzının bağlandığı ya da ağzına bir şey tıkıldığına dair hiçbir kanıt yoktu.

Öyleyse burada bir kez daha Michiko'nun ne yaptığını düşünmemiz gerekir.

Ve ayrıca Seizō'nun ölümünün ikisinin arasındaki boğuşma sonucunda, kazayla yaralanmaya bağlı olduğu düşüncesi, az önce de söylediğim gibi, sadece bir fikirdi. Fakat artık gerçeklikten oldukça uzak bir fikirmiş gibi gelmeye başladı.

Bu durumda, eğer Ōdera solak değilse gidişat kötü demekti. Ayrıca, Seizō'nun karısını öldürdükten sonra intihar ettiği düşüncesi; bu da yine Seizō'nun solak olduğunu varsaymadığımız sürece mümkün değildi.

Fakat Ōdera gibi Seizō da solak değil gibiydi.

Tüm bunların sonucunda, Ōdera'nın masum olduğuna dair teorim oldukça zorlu bir konuma oturmuştu.

Zengin bir hayal gücüne sahip olan sizler, şimdiye kadar anlattığım gerçekleri açıklayabilecek başka bir teori bulmuş olmalısınız.

Bunun ne olduğunu söylemeyeceğim fakat polisiye roman yazarı olan sizlerin bulması gereken bir teorinin hâlâ var olduğunu düşünüyorum.

Ancak o zaman neden Ōdera suçu kabul ediyordu? Dahası, buradaki en büyük umutsuzluk, ölen çiftin ölüm ânında söylediği sözlerdi.

Seizō da Michiko da ölmeden hemen önce açık ve net bir şekilde "Ōdera" ve "İchiro" demişlerdi. Eğer bu doğrulanırsa hiçbir sorun kalmayacaktı. Sadece bir istisna dışında; o da Michiko'nun ölmek üzereyken sevgilisinin adını sesleniyor olabileceği düşüncesiydi. Her durumda, en büyük sorun sanığın itirafıydı. Sanığın itirafından daha güçlü bir kanıt olamazdı ve bu davada İchiro Ōdera tamamıyla suçu kabul ediyordu.

Sonuç olarak, Michiko'ya karşı işlenen cinayet suçlamasını bir yana bırakırsak Seizō'ya karşı kasıtsız adam öldürme davası söz konusu olamaz mı diye, düşünüp duruyordum. Vakayı kafamda bir öyle bir böyle çevirip düşüncelerim arasında kaybolurken bir yandan da çıktı çıkacak diyerek sabırsızlıkla mahkemenin nihai kararını bekliyordum.

5

Sonunda merakla beklediğim o karar açıklandı ve daha önce de söylediğim gibi, davanın kamuya açık bir mahkemeye taşınmasına karar verildi. Sanık İchirō Ōdera'nın resmi avukatı olarak hızlıca dava kayıtlarını talep ettim. Nihayet ulaştığında, o evrakları nasıl da büyük bir heyecanla elimde tutuyordum! Sanki sevgilisinden gelen mektupları okuyan biri gibi başından sonuna kadar büyük bir açlık içinde gözden geçirdim. Kâğıtları delip geçecek gibi keskin bakışlarla tek bir karakteri bile atlamadan, çabucak okuyup bitirdim.

Fakat orada ne vardı? Kayıtların hepsini okuduğumda büyük bir hayal kırıklığından başka hiçbir şey bulamadım. Ne yazık ki, gazetelerde yazılanlar neredeyse tamamıyla doğruydu. Sanık İchirō Ōdera, hem savcılıkta hem de ön duruşmada suçunu kabul etmişti. Bu, bir erkek ve bir kadına karşı işlenen incelikli bir cinayet suçuydu.

Son kalan umutlarımı bağladığım birkaç şüpheli nokta da sanığın son derece mantıklı itirafıyla mükemmel bir şekilde açıklanmış oluyordu. Sanığın itirafı, saçma veya mantıksız olarak nitelendirilemeyecek kadar coşkuluydu. Fazlasıyla samimi ve ciddiydi. Üstelik sanığın savcı ve sorgu hâkiminin önünde saçmalayıp yalan söylemesinin ne gereği vardı ki?

Burada, o zamanki sorgulama kayıtlarının bir kopyası var. Şimdi, ön duruşmadaki sorgulamada sorulan soruların ve sanığın verdiği cevapların tam metnini okuyalım. (Orijinal metinde sesli ünsüz işaretleri ve noktalama işaretleri yok fakat anlaşılabilir olması için normal bir metne çevirerek okuyacağım.)

Soru: Öyleyse sanığın Michiko'yu öldürmeye karar vermesi, Michiko gönlünü başka bir erkeğe kaptırdıktan sonra mıydı?

Cevap: Michiko'yu öldürmeye karar vermem, şimdiye kadar bana nazik davranmasına rağmen hisleri değiştikten sonra çok soğuk davranması ve Tomoda'ya âşık olmasından sonraydı.

Soru: Sanık, Michiko'nun Tomoda'ya âşık olduğunu biliyordu muydu?

Cevap: O güne kadar kesin bir kanıtım yoktu. O akşam, ikisinin konuşmasını duyunca emin oldum.

Soru: Sanık, Michiko'yu öldürmeye ne zaman karar verdi?

Cevap: O gece yarısı karar verdim. O zamana kadar kendi içimde çok büyük acı çekiyordum. Fakat öldürmeyi düşünmemiştim.

Soru: Sizi öldürme arzusuna sürükleyen olayları açıklayınız.

Cevap: O gün mahjong oynarken –sanırım saat dokuz buçuk civarıydı– Tomoda tuvalete gitmek için kalkmıştı. Hemen ardından Michiko da sanki mutfakta bir işi varmış gibi odadan çıktı. Zaten bir süredir ikisinin durumunda bir tuhaflık olduğunu hissettiğim için o anda her nedense meraklandım ve birkaç dakika geçtikten sonra ben de tuvalete gideceğimi söyleyerek odadan çıktım. Tuvaletin olduğu tarafa ilerleyip kasıtlı olarak karanlık koridora döndüm ve orada köşede, Michiko ile Tomoda'nın fısıldaşarak konuştuklarını duydum. Michiko'nun, "Sonraki gün saat altıda her zamanki yerde, tamam mı?" dediğini net olarak duydum. Tomoda'nın söylediğini tam olarak duyamadım fakat o anda ikisinin el ele tutuşmuş olduğunu hissettim. Bunu görmedim fakat kesinlikle hissettim.

Soru: Tomoda o sırada tuvalette olabileceğini söylüyor fakat Michiko'yla kesinlikle konuşmadığını iddia ediyor. Buna ne diyorsunuz?

Cevap: Bu tamamıyla yalan. Bunu gayet iyi hatırlıyorum. Eğer duymasaydım, öyle öfkelenmezdim. O konuşmaya kulak misafiri olduğum zaman gerçekten çok derinden öfkelendim. Artık bu dünyada hiçbir umudum kalmadığını hissettim. Yine de o sırada henüz Michiko'yu öldürmeyi falan düşünmemiştim. O gece alt kattaki odada kalıyordum. Gece saat on ikiyi geçerken yattım. Fakat öylesine perişan ve üzgündüm ki bir türlü uyuyamadım. Sonra, üst kattan birinin aşağı indiğini hissederek sessizce gözetledim, bu Michiko'ydu. O tuvalete girdiğinde, yattığım yerde bir sürü şey düşündüm. Ne olursa olsun, onunla karşı karşıya gelip fikrini değiştirmesini sağlamalıydım. Kalbini geri kazanmak için mümkün olan her şeyi söyledim. Fakat Tomoda'ya âşık olmuştu ve artık kesinlikle bana geri dönecek gibi görünmüyordu. En sonunda, "Şimdiye kadar Seizō'dan gizli saklı beni sevmiyor muydun? Biz ikimiz zina yapıyoruz, değil mi? Senin gibi zina yapan birinin, kimi seversem seveyim, bana laf söylemeye hakkı olamaz. Bu yaptığım kocama karşı haksızlık olabilir ama senin şikâyetlerini dinlemek zorunda değilim," diyerek kestirip attı. Elbette ki buna hakkım olduğunu düşünmüyordum fakat bunları öylesine kaba bir şekilde söyledi ki ben de birkaç şey söyleyince, "Gerçekten seni önemsediğimi mi sanıyorsun? Seni koca aptal! Seninle sadece alay etmek için birlikte oldum. Sızlanmaya devam edeceksen, şimdi gidip Seizō'yu uyandıracağım. Yeter artık, bırak beni lütfen!" diyerek, beni itti ve üst kata çıktı.

Çaresizce yatağıma geri döndüm. Ne kadar düşünürsem düşüneyim, son derece kaba bir davranıştı ve benim şimdiden sonra buna itiraz edebilecek halim yoktu. Yine de Michiko'nun, evli bir kadın olarak böyle son derece ahlaksız bir hayat sürdüğünü görünce, artık buna dayanamayarak, Michiko'yu öldürmeye ve sonra intihar etmeye karar verdim. Aslında şimdiye kadar Michiko için yaşamıştım ve şimdi Michiko'yu kaybettiğime göre artık yaşamak için bir sebebim kalmadığını düşündüm.

Soru: Sanık, Michiko'yu nerede öldürmeyi planlamıştı?
Cevap: Yatak odalarına girerek öldürmeyi planladım.

Soru: Michiko'nun yatak odasında kocasının uyuyor olduğunu biliyor muydunuz?
Cevap: Evet, biliyordum.

Soru: Sanık, Seizō'nun uyuduğu sırada sessizce Michiko'yu öldürebileceğini mi düşünüyordu?

Cevap: Öyle düşünmedim. Michiko'yu öldürürsem, elbette ki Seizō'nun uyanacağına şüphem yoktu.

Soru: Öyleyse Seizō uyandığında ne yapmak niyetindeydiniz?
Cevap: İlk başta, Michiko'yu öldürdüğümde Seizō uyanırsa işlediğim günahı açıkça itiraf edip intihar etmeyi düşünüyordum. Fakat Seizō'nun tavrına göre onu da öldürmek niyetindeydim.

Soru: Sanık, Seizō'ya karşı kin besliyor muydu?
Cevap: Sevdiğim kadına acı çektirdiği için oldum olası ondan nefret ediyordum. Ancak en çok dayanamadığım şey, Seizō'nun Michiko'nun kocası olmasıydı. Benim için Michiko'nun kocası olması bile tek başına Seizō'nun varlığından iğrenmeye yetecek bir sebepti. Sizin için anlaşılmaz olabilir fakat bunlar gerçek hislerimdir.

Soru: Onları öldürmek için silah niyetine bir şey kullanmayı denemediniz mi?
Cevap: O anda etrafa bakınıp aradım fakat hiçbir şey yoktu.

Soru. Hangi yöntemle öldürmek niyetindeydiniz?
Cevap: O anda, her şeyden önce, çıldırmış gibiydim; etraflıca düşünmemiştim. Sadece ansızın odaya dalıp uyumakta olan Michiko'nun gırtlağını ellerimle sıkıp boğmayı planlamıştım. Seizō zaten hasta olduğu için sadece kafasına vursam bile işi biter diye düşündüm.

Soru: Onları nasıl öldürdüğünüzü anlatınız.
Cevap: Odayı dışarıdan dinleyip ikisinin uyuduğuna emin ol-

duktan sonra, sürgülü kapıyı açarak içeri girdim. Sonra cibinliğin içine dalıp sanki ata binermiş gibi, derin bir uykuda olan Michiko'nun üzerine çıktım ve iki elimle boğazını sıkmaya çalıştım. O sırada birden uyanan Seizō, "Kim var orada?" diye haykırdı.

Yapılacak bir şey yok, diye düşündüm ve öncesinde planladığım gibi, "Ben sana karşı affedilmez bir hata yaptım, beni affet. Senden özür dilemek zorundayım," deyince Seizō yatakta doğrularak, "Neler diyorsun? Ōdera, sen misin? Bu saatte yatak odamıza girmiş ne yapmaya çalışıyorsun?" dedi. Ben de "Aslında önce yanında yatan Michiko-san'ı öldürüp sonra kendim de ölmek niyetindeydim. Senin ne düşündüğünü bilmiyorum ama gerçek şu ki Michiko-san uzun bir süredir benimle zina yapıyordu. Michiko seni sevmiyor, sen de Michiko'yu sevmiyorsun, değil mi? Asıl ben Michiko'ya âşığım, onun sahibi benim. Ama Michiko bana ihanet etti, o yüzden şimdi burada onu cezalandıracağım," dedim.

Soru: O sırada Michiko sessizce dinliyor muydu?

Cevap: Gözlerini ilk açtığında şaşkınlıkla titriyordu. Sonra ben konuşmaya başlayınca, "Yalancı, pis yalancı!" diyerek, bana hakaret etmeye başladı. Ama ne bağırıp yardım istedi ne de çığlık attı. Michiko sadece kocasına karşı kendini savunmaya çalışıyordu.

Soru: Sonrasında neler olduğunu anlatınız.

Cevap: Eğer Seizō benim söylediklerime biraz olsun kulak verseydi, bu olay Seizō'yu öldürmeden sonlanabilirdi. Oysa her şeyi dürüstçe itiraf etmeme rağmen Seizō beni hiç dinlemedi. Dinlemek bir yana –masanın üzerinde miydi bilemiyorum–

bir anda bıçağı kaptı ve bembeyaz bir yüzle ve titreyerek birden üzerime saldırdı. O anda yüzü, bana sanki şeytanmış gibi göründü. Kendimi kaybettim ve aniden yumruklarımı sıkarak kafasına vurdum. Bir inilti çıkararak devrildi ve masanın köşesine başını sertçe çarptı. Yere devrilmesiyle birlikte, kan kusmuş gibiydi ve öylece bilincini kaybetti. Bu karmaşanın arasında cibinliğin kancaları yerinden çıkıp aşağı doğru sarktığı için bir anda onu çekip kenara itiverdim. Kocası yere düşünce, Michiko çığlık atarak yanına koştu ve onu kucaklamaya çalıştı. O anda Michiko'yu saçlarından yakalayıp Seizō'nun bıçağını alarak boynuna dayadım ve ses çıkarırsa onu öldüreceğimi söyledim. Fakat Michiko hâlâ bağıracakmış gibi göründüğü için birden yüzüne bir kesik attım. Michiko'nun çığlık atmasıyla kendinden geçip yere yığılması bir oldu. Şimdiye kadar delicesine sevdiğim kadını üzerinde bir gecelik ve yüzünde bir bıçak yarasıyla yerde yatarken görünce, ansızın içimi canavarca bir his kapladı. Onu öylece bir solukta öldürmekle tatmin olamayacağımı ve eziyet ederek öldürmek zorunda olduğumu hissettim ve baygın olmasını da fırsat bilerek, çabucak kimonosunun kordonunu kapıp ellerini bağladım. Sonra hayati organlarından sakınarak sağ göğsünden bıçakladım. O anda tehlikede olabileceğimi düşünmemiştim. Ama eğer birileri gelecek olursa Michiko'yu hemen öldürüp intihar etmek niyetindeydim.

Michiko acıyla kendine gelince çığlık atmaması için dizimi yüzüne bastırdım ve o kıpırdayamadan, sadece kıvranırken, ona lanetler okudum. O böylesine korkunç acılar içindeyken, Seizō'nun bilincinin yerine geldiğini ve hareket edecek gibi olduğunu görünce bir anda Michiko'nun kalbine bıçağı saplayarak işini bitirdim.

Kendine gelen Seizō, ayağa kalkmaya çalışıyordu. O yüzden onu da dizimin altına alarak göğsünden tek bir darbeyle bıçakladım.

Tam o sırada, aşağıdan üst kata doğru gelen ayak sesleri duyulduğu için aceleyle doğruldum. Bıçağı kendime saplayıp saplamamak arasında gidip geliyordum. Seizō hâlâ ölmemiş, ayağa kalkmaya çalışıyordu. İşte o anda uşak koşarak içeri girdi ve Seizō'yu kucakladı.

Vesaire, vesaire...

İchirō Ōdera'nın ön duruşmada anlattıkları, aşağı yukarı böyleydi ve savcının karşısında söyledikleriyle aynıydı.

Sorgu hâkimi ayrıca Gō Tomoda, uşak Jinbei, Otane ve Oharu'yu da sorgulamıştı. Tomoda ifadesinde, az önce hâkimin alıntı yaptığı gibi Michiko'yla fiziksel bir ilişkisi olduğunu kesin olarak reddetmişti. Yine o gece, Michiko'yla fısıldaşarak konuştuğunu da reddetmişti fakat öte yandan mektuplaştıklarını kabul ediyordu.

Jinbei, Otane ve Oharu'ya elbette ki öncelikle olay yerinin durumu hakkında sorular sorulmuştu.

Özellikle hâkimin ağırlıkla üzerinde durduğu konu, Seizō ve karısının ölmek üzereyken söylediği sözlerdi. Bu konudaki soruyu Jinbei şöyle cevaplamıştı:

Ben beyefendiyi kucaklayıp kaldırmaya çalışırken, az önce söylediğim gibi, beyefendi neredeyse ölmüş gibiydi. Fakat "Beyefendi, beyefendi!" deyince zar zor gözlerini açtı ve birden şaşılacak kadar yüksek bir sesle, "Ōdera... Ōdera..." dedi.

Çok yüksek bir sesle söylediği için yanlış duymuş olma ihtimalim yok. O anda beyefendi, karşısındakinin ben olduğumu kesinlikle biliyordu ve o sözleri elbette ki bana söyledi diye düşünüyorum.

Beyefendinin sözlerini duyunca, o âna kadar ölmüş olduğunu düşündüğümüz Michiko Hanım bir şeyler söyledi. Otane'yle ben yanına koştuğumuzda hanımefendi gözlerini açtı ve bana bakarak, "...İchirō..." diye, tek bir kelime söyledi. Çok zayıf bir sesti ama net olarak duydum. O yüzden hanımefendi de bunu bilinçsizce söylemiş gibi değildi. Sanki kim olursa olsun yardıma gelen kişiye söylemek ister gibiydi ve kesinlikle İchirō'ya sesleniyor gibi değildi.

Yine Otane de benzer bir ifade vermişti.

Şimdi, sizlerin de anlayabileceği gibi büyük bir üzüntüyle söylüyorum ki bilmek istediğim şeyler böylece açıklanmıştı. Kocaya sorumluluk yüklemek şeklindeki teorim de tamamıyla boşa çıkmıştı.

Bu şekilde, öncelikle şüphelerimin ortadan kalktığını söyleyebilirim. Daha da kötüsü, sanığın itirafını desteklercesine, kaldığı pansiyonda Michiko'nun kendisine yazdığı çok sayıda mektup bulunmuştu. Öte yandan, bu mektuplarda büyük bir tutkuyla yazılmış aşk sözleri bulunmadığı için Michiko ve Ōdera'nın zina yaptığı ve yine bunun sonucunda o trajedinin meydana geldiği konusunda bu mektuplar doğrudan kanıt olmayacaktı ancak dolaylı kanıt olarak epeyce işe yarar olduğuna şüphe yoktu.

Davanın ön duruşması tamamlandıktan sonra, avukatı olarak ilk kez sanıkla görüşmeme izin verildi. Sanığa baktım ve önce onun güzelliği karşısında şaşkınlığa uğradım. Gerçekten de Michiko gibi güzel bir kadının, sevgili olarak onu seçmesine şaşırmamak gerekir, diye düşündüm. Hapishanede tutuluyor olmasına rağmen sağlığında olumsuz bir değişiklik yok gibi görünüyordu. Enerjiyle ve gençliğin verdiği güzellikle dopdoluydu. Ben sağlıklı ve iyi görünümlü bir genci takdir edebilecek bir adamım fakat Ōdera'ya baktığım anda, bunu daha da derinden hissettim. Şimdiye kadar elde edilen gerçeklere rağmen bu genç adamın o suçu işlemiş olmasının mümkün olmadığını hissettim. Bir avukat olarak, kesinlikle görünüşün aldatıcı olduğunu; hatta bir sineği bile öldüremeyecek gibi görünen insanların büyük suçlar işlemiş olduğu gerçeğini biliyor olsam da her nedense bu genç adamdan hoşlanmıştım. İlk olarak, onun adına benimle görüşen şu aristokrattan bahsedip en azından o kişinin hatırına yalan söylememesi gerektiğini anlattım. Sonra kişisel olarak onun tarafında olduğumu belirterek, bana karşı da mutlaka gerçekleri söylemesi gerektiğini vurgulayıp yasaların izin verdiği kadar ve olabildiğince detaylı şekilde olayları ondan dinlemeye çalıştım.

Güzel kaşlarını kaldırarak, bana ve o aristokrata karşı olan derin minnettarlığını dile getirdikten sonra dava hakkında kesinlikle umutlu olmamamı istedi. Ardından, davanın sonucu konusunda her türlü olasılığa karşı çoktan kendini hazırladığı için onun adına endişelenmemizi istedi. Ayrıca bu onursuzlukla birlikte mezara gidecek olsa bile ardında kendisi için üzülecek bir ailesi olmadığı veya bunun gibi pek çok üzücü şeyler de söyledi.

Hâlâ hatırlıyorum; son görüştüğümüz gün, hafif yağmurlu bir hava vardı. Güzel bakışlarını zaman zaman gökyüzüne çevirip, "Ben her şeye hazırım, rahat olun lütfen. Ben çoktan pes ettim..." diyerek, hüzünlü bir sesle bana veda eden Ōdera'yı ardımda bıraktığımda tarif edilemez bir yalnızlıkla sarmalanmış bir hâldeydim. O gün bilerek taksiye binmedim ve yağmurda tek başıma, ağır ağır yürüyerek eve döndüm.

Tuhaf bir şekilde, ben yine de umutlarımdan vazgeçemedim ve mümkün olduğu kadar fırsatları değerlendirerek, başta Tomoda olmak üzere, Jinbei ve diğerleriyle de görüşüp sorular sordum. Ancak sonuçta, bunlardan da bir şey elde edemedim ve zaman sanki alay edercesine akıp giderken benim yapabildiğim tek şey, sadece sanığın mahkemede ifade vermesini beklemekti.

Ōdera, hem savcılıkta hem de sorgu hâkiminin karşısında tüm suçlarını itiraf etmiş olsa da dava hâlâ devam ediyordu. Üstelik ülkemizin kanunlarına göre, mahkeme her şeyin merkezi olarak kabul ediliyordu. Sanık bir sebepten dolayı şimdiye kadar suçu kabul etmiş olabilirdi. Bununla birlikte, mahkeme salonunda o âna kadarki itirafını tamamıyla reddedip bütünüyle farklı bir ifade vermesi imkânsız değildi. Bu tür örnekleri, elbette sizler de sıkça duymuşsunuzdur.

O yüzden, biraz ısrarcılık gibi görünse de elimde kalan son umudu bu mahkemeye bağlamıştım. Bir avukat olarak içinde bulunduğum bu zor durumu tam olarak anlayacağınıza inanıyorum.

Sonunda nihayet mahkeme başladı. Kamuya açık olarak yürütülen bu davanın gidişatı, yine bütün gazetelerde yazıldığı için hepinizin yeterince bilgi sahibi olduğunu düşünüyorum ve bu yüzden burada detaylara girmeyeceğim.

Son umudum da boşa çıktı ve sanık burada da doğrudan suçunu kabul etti. Hatta sadece kabul etmekle de kalmayıp o çirkin aşkla yaralanmış olan kalbiyle, üstelik gençliğin verdiği saflık ve kararlılıkla, Michiko'yla olan ilişkisini tutku ve gözyaşları içinde anlatıp ona karşı beslediği acı veren hislerini de itiraf ederek mahkemede bulunan herkesi tutkusuyla sarsmayı başardı. Tabii ki kaşlarını çatan pek çok insan olduğuna ya da Ōdera'nın o affedilemez suçunu ve ona yol açan sebepleri görmezden gelemeyenler olduğuna şüphe yoktu. Ancak ben, genç bir âşığın hislerini bilenlerin bu zavallı genç adamın hislerine belki de az çok bir sempati duymuş olabileceğine inanıyorum.

Aptalca –evet gerçekten aptalca– bir biçimde, sadece suçu bütünüyle kabul etmekle kalmayıp bir de üstüne Michiko'dan nefret ettiğini belirtti. Eğer Michiko yeniden dirilip gelse, aynı şeyleri sanığa söylese, korkarım ki on kez de olsa, hayır belki yüz kez de olsa onu yine acımasıza öldüreceği gibi bir imada bile bulundu.

Başka bir deyişle, sanık Michiko'yu öldürmekten, hatta Seizō'yu ortadan kaldırmış olmaktan hiç pişmanlık duymuyor gibi görünüyordu.

Var gücümle korumaya çalıştığım sanığın bizzat kendisi, mahkemede hiçbir tereddüt göstermeden –o gün savcının kapanış konuşmasında kullandığı sözleri ödünç alırsak– "hiçbir şeyle kıyaslanamayacak kadar utanmaz ve küstah bir tavırla" bu gerçeği beyan ettiği için onun savunma avukatı olarak, bir avukatın meslek hayatı boyunca nadiren karşılaşabileceği kadar sefil bir pozisyona düşmüştüm.

Fakat her şeye rağmen elimden gelen çabayı gösterdim. Tanık olarak Gō Tomoda, Jinbei, Otane ve Oharu'nun mahkemeye çağrılması için başvurdum.

Benim son umutsuz çabalarım, artık karı kocanın ölürken söylediği kelimelerin yorumuna odaklanmıştı. Sonuç olarak, sadece Jinbei'in mahkemeye çağrılmasına karar verildi. Ancak ne yazık ki bu da yararsız oldu ve Jinbei, ön duruşma sırasında söylediklerini yeniden tekrarlamaktan öteye geçmedi.

Mahkeme başkanının iznini alarak, tanığa Michiko'nun son sözüyle sevgilisinin adını haykırıyor olup olamayacağını sordum fakat Jinbei bu sözün kendisine, İchirō Ōdera'yı suçlarcasına haykırıyor gibi geldiğinde ısrar ediyordu.

Michiko'nun "Ōdera" değil de "İchirō" demesi konusuna yoğunlaştım ancak Michiko'nun normalde Ōdera'yı, "Ōdera-san" değil de "İchirō-san" diye çağırdığı gerçeği Jinbei tarafından net olarak söylendiği için bu konuyu daha fazla araştırmanın bir yolu yoktu.

Artık tek bir şüphe bile kalmamıştı. Bütün tanıkların ifadesi, İchirō Ōdera'nın katil olduğunu gösteriyordu. Üstelik en değiştirilemez kanıt, sanığın kendi ifadesiydi.

Daha önce belirttiğim gibi, sanığın belki de mahkemede ifadesini reddedebileceğini düşünmüştüm. Fakat sonuç, yukarıda açıkladığım gibi oluverdi.

Benim elbette ki ne polis ne savcı ne de yargıç olarak bir tecrübem olduğu için soruşturma kurumlarının iç yapısını neredeyse hiç bilmiyorum. Bununla birlikte, polisin sık sık itirafa zorladığı ve şiddet uyguladığı halk arasında söylenir. Ancak bunun tam aksi tarafta yer alan ben bile, savcılıkta veya ön duruşma sırasında sanığa son derece hukuka uygun muamele edildiğine inanıyorum. Dahası, sanığın mahkemedeki durumu kamuoyu tarafından bilindiği için bu davada sanığın baskı altında itirafta bulunmadığı son derece açıktı.

Tabii ki sanığın kendisinin kasıtlı olarak yalan itirafta

bulunduğu durumlar olduğunu da çok iyi biliyorum. Sizler de bunu biliyorsunuzdur. Bu, genellikle aşağıdaki durumlarda sıkça görülür:

Öncelikle, adını duyurup şöhret olmak için yapılır.

İnsan denilen varlık, hiçbir zaman tiyatro sevgisini kaybetmemiş gibi görünüyor. Bu yüzden bazı insanlar halkı şaşırtmak, herkese adını duyurmak için son derece büyük suçları itiraf ederler. Elbette ki şöhret uğruna hayatlarını ortaya koymadıkları için sonuç olarak mahkemede o suçu reddederler. Aslında sonunda mahkemeye çıkarıldıklarında o itirafı tersine çevirebileceklerini zaten biliyorlardır.

Bu suçluların çoğu, çeşitli küçük suçlar işlemiştir ya da birinin canına kastettiği bir başka suçu olup o suçtan kurtulamayacağını anlayan kişilerdir. Oysa İchirō Ōdera başka bir suç işlemiş gibi görünmüyordu ve bir tür şöhret kazanma yöntemi olarak böyle bir itirafta bulunmak için fazlasıyla iyi eğitimliydi.

İkinci olarak, büyük bir suç işleyip onu örtbas etmek için işledikleri bir başka küçük suçu itiraf ederler. Böylece o küçük suçlardan dolayı hapse girerek diğer büyük suçun kovuşturulmasını önlemeye çalışırlar. Bu durumda da tabii ki gizlemeye çalıştıkları suç, itiraf ettikleri suça göre çok daha büyüktür. Ancak İchirō Ōdera'nın itiraf ettiği zaten büyük bir suç olduğu için bununla bir başka suçu gizliyor olması düşünülemez.

Bir üçüncüsü, polisiye romanlarda –özellikle Fransız polisiye romanlarında– sıklıkla karşılaşılan durumdur; yani gerçek suçlu sevdiği insan olduğu için kendini feda ederek onun yerine suçu üstlenmesi durumudur ve aslında erkeklerden ziyade kadınlarda sıkça görüldüğü düşünülür. Peki ya İchirō Ōdera? Bu olayda, Oda'ların evine başka kimsenin girmediği ortadaydı ve Jinbei ile iki hizmetçi kızın gerçek suçlu olamayacağı bir durum sözkonusuydu. Ōdera'nın bu iki hizmetçiden birine âşık olduğu ve kızın bunu yaptığı varsayılsa bile, kızın suçunu örtbas edemeyeceği için bu düşünülemez. Ōdera'nın koruduğu bir suçlunun varlığını hayal etmek mümkün değildi. Sevdiği kadının onurunu koruduğu düşünülemezdi. Hayır, korumak bir yana, en çok sevdiği kadını nasıl öldürdüğünü, yukarıda açıkladığım gibi en ince noktasına varana kadar hiç tereddüt etmeden itiraf ederken o kadın hakkında kötü konuşmuştu.

Tüm bunlar göz önüne alındığında, İchirō Ōdera'nın itirafının yalan veya düzmece olması için hiçbir sebep olmadığı görülüyordu. İfadesinin çok mantıklı ve tutarlı olduğu düşünüldüğünde, akıl sağlığında bir sorun olduğu da söylenemezdi. (Bu konuda mahkeme, dikkatlice ve eksiksiz bir akıl sağlığı incelemesi yapıyordu.)

Böylece kamuya açık olarak yapılan duruşma, herhangi bir aksaklık olmadan tamamlandı ve sonra savcı kapanış konuşmasına geçti. Bu, hemen herkesin beklediği gibi oldukça sert ve dokunaklı bir konuşmaydı. Öncelikle, gerçeklerin son derece açık olduğunu belirten savcı, ardından böyle bir suç işleyen ve üstelik utanmaz bir tutum takınan sanığın küstahlığını eleştirerek kanunların izin verdiği çerçevede en ağır cezanın verilmesini talep etti. Savcının suçlamalarına karşılık, benim yaptığım savunma son derece zayıf kalmıştı. Her şeyden önce, zaten başarılı bir konuşmacı olduğumu hiçbir zaman düşünmedim fakat şimdiye kadar hiç bu kadar acınası ve sefil bir savunma yapmamıştım. Sadece sanığın genç olduğunu ve bunun bir anlık öfkeyle tahrik olan bir genç tarafından işlenen bir suç olduğunu vurgulamaktan başka yapabileceğim bir şey yoktu.

Savcının suçlamaları ve ardından benim savunmamı yaptığım süre zarfında sanık, güzel yüzündeki sükûneti hiç bozmadan, her zamanki gibi sakin bir ifadeyle ve sessizce dinliyordu.

Ve karar günü geldi.

Sizlerin de bildiği gibi, bu karar idam cezasıydı. Mahkeme başkanı, hüküm metninin sıralamasını terse çevirerek, önce gerçekleri ve ardından gerekçelerini okumaya başladığı anda zaten bunu anlamıştım. Güzel sanık, bunu da hiçbir şaşkınlık ifadesi göstermeden dinledi.

İdam cezası verildikten sonra, en azından çaba göstermek adına temyize gitmeyi önerdiysem de sanık kesin bir şekilde bunu reddetti. Ve sanırım biliyorsunuzdur; o yılın ilkbaharında bir gün, idam cezası infaz edildi; İchirō Ōdera darağacında gencecik hayatını sonlandırdı.

Sizlere anlatmaya çalıştığım dava, tam olarak yukarıdaki gibiydi.

Ancak, ölümünden sonra, tesadüfen, hapishanede yazdığı bir tür hatırat elime geçti. Bu, onun vasiyeti olarak kabul edilebilecek bir belgeydi. Bunun hangi şekilde benim elime geçtiği konumuzla ilgili olmadığından burada bundan bahsetmeyeceğim.

Hatıratı alır almaz baştan sona kadar bir solukta okudum. Korkunç bir vasiyetti. Şimdiye kadar hiç kimseye göstermedim. Fakat şimdi, sizlere açıklamanın tam zamanı. Çünkü sanığın, sizlere duyurulmasını arzuladığı için bunu bırakmış olduğuna inanıyorum. Ve yine, bu vasiyeti sizlere açıklamadığım takdirde, şimdiye kadar anlattıklarımın hiçbir anlamı olmayacağını düşünüyorum.

Hatıratında kendisinden bahsederken kullandığı "ben" kelimesini "vatakushi", "ore" veya "jibun" gibi farklı kelimelerle yazmıştı*. Tahmin edilebileceği gibi, hapishanede yazılmış bir hatırat olması ve oradayken ruh halinin zaman zaman değişkenlik göstermesinden dolayı bu kelimelerin Ōdera'nın o anki duygularını yansıttığı düşünüyorum.

---

* Japonca'da *vatashi, vatakushi, ore* ve *jibun* kelimelerinin tümü "ben" anlamına gelir. *Ben* kelimesinin kullanımı, içinde bulunulan ortama veya kişinin karşısındakiyle olan ilişkisi, samimiyet veya yakınlık derecesine göre değişkenlik gösterir. Resmi ortamlarda, işyerinde vs geçen bir konuşmada kendinden bahsederken *vatakushi /vatashi* kelimesi kullanılır. *Ore*, samimi ortamlarda genellikle erkeklerin kullandığı bir ifadedir. *Jibun* ise, ben ve ayrıca kendi, kendim anlamındadır. *–çn*

6

Beklediğim gibiydi.

Sonunda idam cezası aldım. Her şeyden habersiz olan avukatım, sürekli temyize gitmeyi öneriyor. Ama şu anda neden öyle bir şey yapmayı isteyeyim ki? Temyize gidecek olsaydım, en başından gerçekleri olduğu gibi anlatırdım. Polis merkezinde geçirdiğim o bir gün boyunca, uzun uzadıya kafa patlatıp bulduğum bu büyük yalanı açıklayamazdım.

Ne zaman olduğunu bilmiyorum ama mahkeme kararını verir vermez hayatımı kaybedeceğim. Nefret edilesi, nefret edilesi ve yine de sevgili, sevgili Michiko. Ahh, Michiko! Özlediğim Michiko. Aşkımız için hayatımı ortaya koydum. Benim hayatım. Benim her şeyim! O sensin.

Sen bu dünyada benimle oynadın. Evet, bu genç kalbimi hiç tereddüt etmeden yaralayıp parçaladın ve içimde aşk ateşini yakıp tam anlamıyla oyuncağın yaptın.

Ama şimdi bir cesetsin ve artık hiçbir gücün yok. Ne zavallı bir kadınsın.

O muhteşem bedeninin, sımsıkı bağlandığı ve ıstırap içinde öldüğü andan itibaren sen tamamıyla benim oldun. Evet, dünya senin bana ait olduğuna inanıyor. Bu olay insanların hafızasında kaldığı sürece, sonsuza kadar senin adın, benimkiyle birlikte anılacak.

Gerçekte bedenin, kocanın yanında yatıyor olabilir. Ama sen, gerçek sen, benimle birliktesin. Kocana sırtını dönmüş, benim yanımda duruyorsun. Sadakatsiz eş! Zinacı! O silinmez damgayı alnında taşıyarak sonsuza kadar benimle cehennemde acı çekmek zorundasın. Ne büyük bir mutluluk! Bu dünyada, hem nefret ettiğim hem de sevdiğim seni kaybettiğime göre, ben şimdi nasıl yaşayabilirim? Böyle yaşayan bir ceset olarak yıllarca hayatta kalmanın ne anlamı var ki? Üstelik senin kocanla aynı hastalığa yakalandım. Sağlığım yerinde değil. Toplum içine çıksam da sonunda ne olacağı belli.

Seni kaybetmiş olan ben, şimdi ölmek istiyorsam bunda ne tuhaflık olabilir ki? Dahası, sadece doğru şekilde ölmekle büyük bir şey kazanacağım. Büyük bir onursuzluğun yanı sıra ondan çok daha fazla arzuladığım bir şeyi elde etmek üzereyim. Yaşıyorken tek bir parmağımı bile süremeyeceğim seni, ebediyen benim yapacağım!

Evet! Ve aynı zamanda, dünyanın tüm o yapmacık tavırlı ve ciddi yüzlü kanun adamlarına –beni bir şekilde kurtarabilmek için boş yere çabalayan sefil avukat da dâhil– zaptedilemez bir kaleymiş gibi güvendikleri o "kanun" denilen şeyin güçsüzlüğünü göstermeyi başaracağım.

İki kelimede bir kanıt, kanıt diye aranıp duruyorlar. Kanıt olmazsa adaletsizliği cezalandıramazlar. Üstelik kanıta benzer bir şeyler bulduklarında, kanunlardan aldıkları o büyük özgüvenle –kaç kişi olduğu fark etmez– insanları ölüme yolluyorlar. Acaba onlar için hazırladığım bu muhteşem senaryoyu anlayabilecekler mi?

Kanun adamları! Asıl şimdi gerçeği söylüyorum:

Sizler, masum bir adama idam cezası verdiniz. Ben bütünüyle suçsuzum.

O zaman neden itirafta bulundum?

İlk nedeni, bu dünyada tek bir parmağımı bile süremediğim, canımdan çok sevdiğim kadını ebediyen kazanmaktı. İkincisi, benim saf kalbimi oyuncak eden, o nefret edilesi ve baştan çıkarıcı kadından ebedi bir damgayla intikam almaktı. Üçüncü nedeni, benim yaşamaya değmeyecek olan hayatımı, kanunlardan yararlanarak sona erdirmekti. Ve son olarak, böylece sizlerin o büyük özgüveninin nereye kadar temel alınabileceğini göstermek içindi.

Babam sadece yüz yen gibi bir parayı geri alamadığı için öfkesinden öldü. Belki de gerçekten bir alçak tarafından aldatılmıştı. Dolandırıcılık kurbanıydı. Ama buna rağmen karşı taraf kanunları iyi bildiği için babam mahkemede kaybetti. O alçaktan parasını geri alamadığı takdirde, hapse tıktırmaya karar vererek yola çıkan babam, sonunda karşı tarafın iftira suçlamasıyla karşı karşıya kaldı. Babam bunu kaldıramadı. Yüz yen veya bin yen olması sorun değildi. Babam sadece devlete ve hukuk sistemine inanıyordu. Ve o sistemin hata yapmayacağına ikna olmuştu. Ancak ne oldu? Tanrı gibi inandığı o sistem, delil yetersizliği diyerek onunla ilgilenmedi. Dahası, takipsizlik kararı verilmesine rağmen iftira atmak suçundan sanık olarak sıkı bir soruşturmadan geçti. Kanunlara koşulsuz olarak güvenmiş olan babam, elbette ki çok acı çekti. Bu onursuzluğu kaldıramadı.

Ahh... Günbegün depresyona doğru sürüklenip giden babamın görüntüsünü şimdi parmaklıkların arkasındayken bile açıkça hatırlayabiliyorum.

Babam o olaydan sonra gün geçtikçe sağlığını yitirdi ve sonunda öldü. Geride bıraktığı karısına ve çocuğuna, sonsuza kadar kanunları lanetleyin, diye haykırarak...

Ahh, bu sözleri unutamıyorum! Kanunlara lanet oku! Hukuk sisteminin iki yüzlü ilkelerine lanet oku. Bu dünyada var olduğu sürece kanunları lanetle. Kanunlar adalet için vardır. Doğru olanın yanında olmakla övünür. Ama kimbilir kaç kanun, adaletsizlik için kullanılmıştır! Dahası adaletsizlik, kanunlardan kimbilir ne kadar güçlü, ne kadar diktatörce faydalanmıştır!

Bana verilen süre kısa. Mümkün olduğunca hızlı bir şekilde bu yazıyı tamamlamalıyım. Gerçekleri anlatmak için acele etmeliyim.

Michiko'yla ilk kez bundan tam üç yıl önce bir sonbahar günü karşılaştım. Annem de bu dünyayı lanetleyerek babamın arkasından gittiğinde, ortaokuldan mezun olmak üzereydim. Sonrasında amcamın yardımıyla memleketten Tokyo'ya okumaya gönderildim. Amcam da eskiden Michiko'nun üniversitede profesör olan babasından destek görmüştü. Bu yüzden Tokyo'ya geldikten kısa bir süre sonra Michiko'ların evini ziyaret ettim.

Michiko ve annesiyle ilk tanıştığım andan itibaren, Michiko'dan hoşlandım. O kibirli ve kasıntı annesiyle karşılaştırıldığında son derece canayakın bir insandı. Taşradan yeni çıkıp gelmiş olan beni nasıl da sıcak karşılamıştı.

Elbette o zamanlar Michiko genç bir hanımefendiydi.

Eğer dünyada ilk görüşte aşk diye bir şey varsa, benimki öyle bir durumdu. Onu ilk gördüğüm andan, sadece birkaç kelime konuştuğumuz andan itibaren Michiko'nun büyüsüne kapıldım diyebilirim.

Son derece içten ve samimi konuşan Michiko'yla yeniden görüşebilmek için bir pansiyon bulup yerleştikten sonra da sık sık evlerini ziyaret eder oldum. O sonbahardan itibaren bu taşralı genç adam, sadece Michiko için yaşadı.

Onunla görüşmelerimiz sıklaştıkça çevresinde pek çok insan olduğunu fark ettim. Benimle aynı okula giden öğrencilerin içinde de onu görmeye gelen birçok genç vardı. Etrafı çok sayıda genç erkekle çevrilmiş olan Michiko, hiç kafası karışmadan ve rahatsızlık duymadan hepsine karşı son derece becerikli bir flört sergiliyordu. O yüzden, kime karşı daha çok ilgi duyduğunu kesinlikle anlayamıyordunuz. Bir aptal olan ben, sanırım annesinin söylediklerine güvendiğim için Michiko'nun da benden oldukça hoşlandığına inandım.

Ama Michiko asla ciddi bir konuşmaya yanaşmıyordu. Belki de herkese karşı öyleydi. Müzik, edebiyat, tiyatro gibi herkesle konuştuğu konular dışında, bize briç ve mahjong öğretmeyi seviyor gibiydi.

Tüm bunlar yaşanırken ben içten içe ona âşık olmuştum. Gençtim. Hayır, aslında hâlâ gencim. Ama Michiko'yu tanıdığım zamanlar daha da gençtim. Hatta çocuktum desem yeridir. Benim onu, genç bir adamın saf duygularıyla ve tüm varlığımla sevmiş olmamda bir tuhaflık yoktu. Üstelik düşününce, benim kendimi böylesine ona kaptırmamda Michiko'nun tavırlarının da çok büyük bir sorumluluğu olduğu söylenebilirdi.

Ama itiraf ediyorum. Pek çok erkeğin arasından sivrilerek onun kocası olmak konusunda kendime güvenim yoktu. Yine de âşık olan herkes gibi, içimde son derece alçakgönüllü bir kalp ve öte yandan her şeye rağmen umut eden bir kalp vardı. Bu yüzden, Michiko'nun Seizō Oda'yla evleneceğini duyduğumda buna şaşırmadım. Ama aynı zamanda başımdan aşağı kaynar sular dökülmüş gibi hissettim. Acı çektim. Ahh, şimdi bile hatırlıyorum, onun evlendiği gece, (o düğün yemeğine davet edilmiştim ama neden onun gelinlikli halini görmek isteyeyim ki?) bu bedeni ne yapacağımı bilemez bir hâlde koca Tokyo'da amaçsızca dolaşıp durmaksızın orada burada içtim. Ve sonunda, Asakusa'nın arka sokaklarındaki pis bir evde sarhoşluktan bayılmış hâlde –şimdi düşündüğümde bile– korkunç ve sefil bir gece geçirdim.

Artık Bayan Oda olan Michiko, eskiden olduğu gibi benimle görüşmeye devam etti. İlk başta, kesinlikle onu görmemeyi düşünmüştüm ama o ısrarla mektup göndermeyi sürdürünce en nihayetinde bu kararlılığım zayıfladı. Saplantılı biri gibi, onunla her görüştüğümde acı çekmeme rağmen mutlu oluyordum.

Michiko'nun açıkça bana yakınlık göstermeye başlaması, evlendikten sonraydı. Sık sık ondan mektuplar alıyordum. Tabii ki mektuplarında aşka dair pek bir şey yazmıyordu ama hassas ve âşık bir genç için yarım yamalak aşk sözlerinin yazıldığı bir mektuptansa, normal bir mektup çok daha güçlü etki bırakıyordu. Michiko bu tür mektuplar yazmakta özellikle iyiydi. Aptal ben, uyurken bile yanımdan ayırmaksızın onun mektuplarını okşardım. Özellikle mektubun altına not yazmakta son derece iyiydi; sadece iki üç satırlık notlarla, bin kelimelik düşünceleri ustalıkla ifade ediyordu. O yüzden, zamanla asıl metinden önce doğrudan alt kısımdaki notu okumak bende bir alışkanlık olmuştu.

Önceki yılın sonlarından itibaren, K kasabasından Tokyo'ya her gelişinde mutlaka beni ziyaret etmeye başlamıştı. Birlikte Ginza'da yürüyüşe çıkardık. Bu yürüyüşler sırasında kesinlikle net bir şekilde konuşmazdı. Bense, evli bir kadına âşık olma hissini gençlere özgü bir duygusallıkla sarmalamıştım ve sessizce duygularımı ona anlatmaya çalışıyordum.

Şimdi düşündüğümde ne kadar iddialı geliyor ama o zamanlar *Genç Werther'in Acıları*'nın Reclam* baskısını satın almıştım. Onu sürekli cebimde taşıyıp –başlangıç seviyesinde Almanca bildiğim için okumam mümkün olmasa da– arada bir açar ve iç geçirirdim.

Ahh, o zamanların Werther'i, şimdi Lotte'sini lanetlemeden edemiyor.

Bir akşam Tokyo sokaklarında yürürken, Michiko bana şöyle demişti:

"Ben, senin gibi insanları seviyorum, İchirō-san. Gerçekten seviyorum. Senin gibi bir insanla evlenen kadın ne kadar mutlu olur!"

Ahh, çok geç! Neden daha önce söylemedin bunu!

İçimden böyle haykırdım ve onun bu sözlerini aptalca –üstelik milyonlarca kez aptalca– yorumladım. Ama genç bir adamın kalbinde, bu beklenmedik ve son derece zekice kurgulanmış sözlerin böyle yankılanması neden tuhaf olsun ki?

Bir başka seferinde ise şöyle bir şey oldu:

Bir arkadaşın evine briç oynamaya gittiğimde, Michiko da oradaydı. Ama akşam üzeri saat beş civarı, "Ben artık gideyim," diyerek yerinden kalktı.

Tam o sırada ben de çıkmayı düşündüğüm için ev sahibinden izin isteyip ayağa kalktım. Bunun üzerine Michiko,

---

* Reclam: Reclam Verlag. 1828'de Leipzig'de Anton Philipp Reclam tarafından kurulmuş olan Alman yayınevi. *–çn*

daha sözlerimi tamamlayamadan bana baktı ve şöyle dedi, "İchirō-san'ı da yanımda götürmemin bir sakıncası yok ama burada bir sürü insan varken bugünlük bundan vazgeçelim, değil mi?"

Bir sürü insanın önünde açıkça böyle söylenince kıpkırmızı oldum ve susmaktan başka seçeneğim yoktu. Oysa Michiko'nun arabasına binip onunla birlikte gitmeyi düşünerek, "ben de artık kalkayım" dememiştim ki.

Ama Michiko'nun sözlerinin şaka mı yoksa ciddi mi olduğunu anlayamadım.

Benimle ciddi bir şekilde konuşmaya başlaması, o trajik olaydan yaklaşık altı ay kadar önceydi.

Bir zamanlar tatlı bir özlemle andığım, şimdiyse acı ve şiddetli bir huzursuzlukla hatırladığım, geçen yılın başında bir kış gecesi yaptığımız bir konuşmaydı.

O gün, Michiko ansızın telefon ederek Tokyo'ya geldiğini söyledi ve beni Ginza'ya çağırdı. Sinemaya gittik ve sonra bir kafenin ikinci katında çay içtik. O gün izlediğimiz filmdeki mutsuz ailenin hayatından mı etkilenmişti yoksa onu bahane mi etti bilemiyorum ama Michiko bana şöyle dedi:

"İchirō-san, mutlu görünüyor muyum?"

"Şeyy..."

Böyle durumlarda ben pek iyi konuşmayı beceremem ve o anda ne söylemem gerektiğini bulmak için kıvranırken, Michiko cilveli bakışlarla konuşmaya devam etti.

"Ben mutlu değilim aslında. Çünkü Seizō bana sürekli kaba davranıyor. Kocam beni sevmiyor."

Önceden beri Seizō'nun onu sevmediğine dair dedikodular duyuyordum. Ama Michiko bundan ilk kez şikâyet ediyordu.

"En azından Seizō Bey başka kadınlarla görüşüp eğlenmiyor, bu iyi bir şey değil mi?"

En sonunda zar zor bunları söyleyebildim.

"Ama bir kadın, kocası başka kadınlarla görüşmediği için mutlu olmaz ki! Ya sen İchirō-san? Eğer benim kocam olsaydın, sen de öyle mi davranırdın?"

Kalbimin yandığını hissediyordum. Kalbim şiddetle çarpıyordu. Eski Sparta'da tilkiyi çalan gencin yaptığı hırsızlığı gizlemek için tilkiyi pelerininin altına sakladığı ve bunun ortaya çıkmasının vereceği utancı yaşamaktansa, tilkinin etlerini parçalayıp yemesine katlandığı söylenen o acıyı hissediyordum. Ve öyle bir ruh haliyle, sadece "Pekâlâ..." diyerek sustum ve yüzüne baktım. Ben sadece aşk acısına özeniyordum. Ne aptal bir adamım ben!

Alev alev yanan gözlerle ona baktığım an bakışlarımız buluştu. Michiko'nun gözleri de alev alevdi, bana baktı ve, "Lütfen bir bak," diyerek, bakışlarımı kaçırmama fırsat vermeden, aniden elbisesinin sol kolunu yukarı kıvırarak, kolunu gösterdi. O iç bayıltıcı parfümünün beni sersemlettiğini hissettim ama o anda bana doğru uzattığı kollarındaki yılan gibi kıvrılan ve yakılmış gibi duran yara izlerini gördüm.

Bir süreliğine ikimiz de sessiz kaldık.

"Seizō seni çok üzüyor mu?"

Böyle söyler söylemez, düşünmeden sağ elimi uzatarak Michiko'nun dolgun koluna dokunuverdim. Kolunu geri çekmedi, sadece sessizce başını salladı.

Şeytan! Sen Tanrıça gibi bir kadına nasıl böyle eziyet edebilirsin? Sen bu kadının kocası –hayır, hayır, uşağı bile– olmaya layık değilsin!

Seizō'nun varlığına lanet ettim. Sövüp saydım. Evliliğini lanetledim.

Elbette bunları ona söylemedim ama öylesine heyecanlanmıştım ki Seizō'ya olan öfkemi saklamadım.

Michiko sessizce başını sallıyordu ve sonunda sadece, "Ama bunları bir tek sana söylüyorum, kimseye bahsetme, olur mu?" dedi.

Michiko! Asıl sen lanetlenmelisin. Senin bu ustaca numaraları bir sürü erkeğe yaptığını düşününce, sanki damarlarımdaki kanın tersine aktığını hissediyorum.

O andan itibaren, şeytanın eziyet ettiği kadının yanında olmaya karar verdim. Ne olursa olsun onun için savaşacağım, diye düşündüm. Tamamıyla onun kölesi olmuştum. Ah, ne kadar aptalmışım!

Seizō, Michiko'nun özgürce davranmasına izin verdiği için kesinlikle memnun değildi. Benimle veya başkalarıyla görüştüğü için Michiko'ya oldukça acı çektiriyormuş gibi görünüyordu. Öyleyse Seizō'nun da kıskanç bir kalbi vardı. Sadece kendine olan soğuk özsaygısı yüzünden, bunu açıkça Michiko'ya söylemiyordu. Artık bunu anladığım için ben de Michiko'yla aynı şekilde davranmaya başlamıştım. Seizō'nun rahatsız olacağı türden şeyleri, bilerek onun yanındayken söylüyordum. Ve onu bilerek huzursuz etmekten huzur duyuyordum. Böylece, geçen yılın ilkbaharından itibaren Seizō'yla sık sık görüştüm ve her seferinde onun o mutsuz hallerinden zevk aldım.

16 Ağustos! O lanetli gün... O gün de Seizō'nun huzursuz olduğu yeterince ortadaydı.

Michiko'nun Tomoda denilen gence karşı olan tavırlarını pek iyi bilmiyorum. Ama, Seizō'nun Tomoda'ya karşı benden daha dostça bir yakınlık gösterdiği düşünülürse,

Tomoda'nın Michiko'yla benim kadar yakınlaşmadığını tahmin ediyorum.

Ancak Seizō, çoğunlukla hissettiğinin tam aksi tavırlar sergileyen bir adam olduğu için bu konuda net bir şey söylemem mümkün değil.

O gün ben aslında davet edilmemiştim. Sadece yapacak başka bir işim olmadığı için vakit geçirmeye gitmiştim. Tesadüfen Tomoda da gelince, akşam üzeri mahjong oynamaya başladık.

Oyun oynadığımız sırada bile bir yandan sevgilimle olabilmenin sevincini yaşayıp diğer yandan evli bir kadınla birlikte olmanın –üstelik bu konuda hiçbir şey yapamamanın– üzüntüsünü hissediyorken, yine de en azından birlikte oyun oynamaktan zevk almaya çalıştığım için duygusal olarak büyük gelgitler yaşıyordum.

Fırtına başlamıştı. Zaten artık eve dönemeyeceğim için başka duyguların dikkatimi dağıtmasına izin vermeden mahjong oynamaya odaklanarak aşkın sevincini ve üzüntüsünü tatmayı başardım.

Sekizinci tura başlamamıza rağmen hâlâ kazanan belli değildi. Batı rüzgârı* sırasında Michiko birden çok iyi hamleler yaptı.

Aslında yaptı demekten çok, birisi onun yapmasını

---

* Batı rüzgârı: Dörtlü mahjong oynarken, bir oyuncu *oya* (ebeveyn; lider, yönetmen, satıcı vs), diğer üç oyuncu ise *ko* (çocuk) olur. Dört oyuncunun herbirine bir rüzgâr verilir: doğu, güney, batı ve kuzey rüzgârı. Önce oya doğu rüzgârı olur, oradan sağa doğru, ko'lara güney, batı ve kuzey rüzgârı verilir. Oya'nın bir eli kazandığındaki puanı, diğer üç ko'nun kazandığının 1,5 katına eşittir. Eğer oyunu bir ko kazanırsa, oya'nın kaybettiği puan, diğer iki ko'nun kaybettiğinin iki katı olur. Oyunu tamamlayan ko ise, kendisi bir tur daha ko olur ve oya hakkı onun sağındaki oyuncuya geçer. Dört oyuncu en az bir kez oya pozisyonunda oynadığında oyun biter. *–çn*

sağladı. O sırada, Michiko *batı rüzgârı*, Seizō ise *oya* idi. Ben Seizō'nun yanında, Michiko'nun karşısındaydım. Fakat dört tur dönüşü tamamlandıktan sonra, Michiko bir dörtlü, bir de beşli attı. Devamında bir tek noktalı, bir üç noktalı ve sonrasında güney rüzgârı taşlarından birini attı. O âna kadar her birimiz şeref taşlarından epeyce atmıştık ve Michiko gizli el oynamasına rağmen bir tane bile *bambu** atmadığı için Michiko'nun bambulardan bir floş yapmaya çalıştığı açıkça ortadaydı ve herkes bunu anlamıştı. Oysa diğer üç kişinin hâlâ bitmeye hazır bir eli yoktu. Özellikle de Seizō durumu izliyor ve *oya* olduğu için sabırsızlıkla turu tamamlamak için acele ediyor gibi görünüyordu. Ama hâlâ öyle kolayca bitirecek bir durumu yoktu, üstelik Michiko tüm bambuları elinde tutarken bitirmek daha da zorlaşmıştı. Durum bu hâldeyken, Michiko'nun taş çekme sırası geldi. On dört taşın tamamını yanyana dizmişken biraz düşündü ve birden yedili bambuyu attı.

"Fazlası var."

Seizō, biraz gerçekten kaygılanmış gibi biraz da beni ve Tomoda'yı uyarır gibi böyle mırıldandı.

Tomoda oynadıktan sonra sıra bana geldi. Şans mı yoksa şanssızlık mı bilemiyorum ama beklediğim ve normalde kolay kolay gelmeyen üçlü seriyi tamamlayacak tek taş olan üçlü bambuyu çektim. Şimdi bir, dört veya yedi noktalı taşlardan biriyle mükemmel bir bitiş yapmak için tek gereken sekizli bambuyu atmaktı. Normal durumlarda bile birisi yedili bambuyu attığı ve tek taş bekliyor gibi göründüğü zaman sekizli bambuyu atmak tehlikeliydi. Ama Michiko

---

* Bambu: Üzerinde birden dokuza kadar olan, üzerinde yeşil, kırmızı ve mavi renklerde bambu çubukları bulunan mahjong taşı. Ancak bir numaralı taşta, diğerlerinden farklı olarak kuş resmi vardır. *–çn*

sadece kendi çektiği taşlarla tam floş yapmaya gittiği için şu anda bu yüksek sayılı taşları atmanın tercih edildiği o genel kuralın kolayca uygulanamayacağı bir durum oluşmuştu ve bu durumda şimdilik bunu yapmak en doğrusuydu. Benim elimdeki sekizli bambu, hiç şüphesiz tehlikeli bir taş olarak görülmeliydi. Ama karşımdaki sevgili Michiko'ydu. *Oya* ise nefret ettiğim Seizō'ydu. Üstelik benim setimi tamamlamak için üç şansım olduğunu düşünerek devam edip sekizli bambuyu attım. Ve Michiko tam floşunu yaptı. O anda Seizō'nun yüzündeki nahoş ifadeyi asla unutmayacağım. Böylece Michiko artık kesinlikle kazanacaktı ama bundan son derece rahatsız olan Seizō, pes edip oyunu bitirmeye yanaşmıyordu. Bu yüzden dört tur daha oynadık.

Ama bu dört turun sonunda, yine Seizō'yu son derece rahatsız eden bir şey oldu.

Kuzey rüzgârının son turunun bitişindeydi, yine *oya* Seizō'ydu, ben onun yanındaydım ve karşımda bu kez Tomoda vardı. O zamana kadar şanssız olduğum hâlde, birden şansım dönüverdi ve dağıtılan taşlara bakınca gerçekten iyi bir elim olduğunu gördüm.

İki tur dönmüşken, Seizō kuzey rüzgârı taşını attı. Onu alıp bir üçlü yaptım. Arkasından Tomoda'nın attığı yeşil ejderha taşıyla bir üçlü ve sonra yine Tomoda'nın attığı dokuzluyla bir üçlü daha yaptım. Bunların hepsi benim için kazanma olasılığını arttırmıştı.

Bu durumda, benim elim dörtlü ya da yedili beklemeye kalmıştı ama kimse bu taşlardan birini atıp tehlike yaratan kişi olmak istemediği için kendi çekeceğim taşla kazanmaktan başka yol yoktu.

İşte o anda, benim solumda olam Michiko kazayla iki

taşı deviriverdi. Bunların ikisi de doğu rüzgârı taşıydı ve benim taş kazanmamı sınırlamıştı. Michiko, "Hay aksi, gördün onları, değil mi!" diyerek, taşları geri alırken, Seizō bana bakarak, "Hımm, demek oradaydılar. O zaman doğu rüzgârını beklemiyordun," dedi ve sonra kendi elindeki bir doğu rüzgârı taşını gösterdi. Seizō doğu rüzgârı pozisyonundaydı ama ondan bir türlü kurtulamıyordu. Michiko da tehlikeyi hissetmemiş gibiydi. "Artık gördüğün için bunları atacağım," diyerek, anlamsızca iki doğu rüzgârından birini attı. Taş çekme sırası bendeydi. Ama ne oldu? Çektiğim taş, son doğu rüzgârıydı. Hemen taktik değiştirip doğu rüzgârını son taş olarak beklemeye karar verdim ve yediliyi attım. Seizō benim elimi değiştirdiğimi fark etmemiş veya fark ettiyse bile son doğu rüzgârını çekmiş olabileceğimi düşünmemiş gibi görünüyordu. Kesinlikle güvende olduğuna inanarak elindeki son doğu rüzgârını atınca, ben oyunu kolayca kazandım. Seizō o kazanan taşı attığı için tüm puanı bana tek başına ödemek zorunda kalmıştı.

Ancak bu kez Seizō öfkesini açıkça göstererek, "Sen neden o taşı Michiko attığı zaman almadın? Michiko'ya ceza ödetmemek için mi?" dedi. Son anda doğu rüzgârını çektiğimi ve kendisi da aynı taşı attığı için bitirdiğimi iddia etsem de Seizō bana hiç inanmamış gibiydi.

"Hiç böyle bir şey görmedim," dedi tükürürcesine. Ve mahjong böylece sona erdi. Michiko, Seizō'ya söylediklerimi nasıl yorumladı bilemiyorum ama bana bakarak gülümsedi. Belki Michiko da benim bilerek onun attığı taşla oyunu bitirmediğimi düşünmüştü.

Böylece o fırtınalı gece, bu garip ruh haliyle ilerlemeye devam etti.

Alt kattaki odada benim için bir yatak hazırlanmıştı.

Seizō ile sık sık görüşürdüm. Ama ne o ne de ben, o günkü kadar açık bir şekilde rahatsızlığımızı dile getiren sözler söylemiştik. Nedense bundan zevk aldım ve aynı zamanda anlatılması zor, ürkütücü bir hisse kapıldım.

"Böyle devam edersem, sonunda bana ne olacak? Bir başkasının karısını sevmekle ne yapıyorum?" Birinin böyle fısıldadığını hissedebiliyordum.

7

Seizō ve Michiko, tam benim kaldığım odanın üstündeki odada uyuyordu. Şimdiye kadar tek bir kez bile Michiko'yla aynı çatı altında bir gece geçirmemiştim. Bu gece ilkti.

Benim hayatım pahasına sevdiğim kadın, bir başkasının karısıydı. O karı koca, şimdi hemen üstümdeki odada birlikte uyuyordu. Sadece bunu düşünmenin bile uyumama izin vermeyeceğini hissettim.

Başlangıçta, denizde yüzmüş olmanın verdiği yorgunluk yüzünden bir şekilde uyuyacak gibiydim. Ama aklıma gelen bir sürü düşünceyle gözlerim açıldı ve uykum kaçtı. Dışarda rüzgâr dinmişse de yağmur hâlâ aynı şekilde yağmaya devam ediyordu.

Genç bir adamın duygusallığı içinde, Michiko'yla birbirimizi sevdiğimizi ama bu konuda elimizden hiçbir şey gelmediğini düşündüm. Werther'i yeniden hatırladım ve hem keyifli hem de hüzünlü bir ruh haline büründüm. Ama aklım bir anda yine gerçek dünyaya döndü. Ve Michiko'nun, o şehvetli vücuduna karşı ne aşk ne de anlayış duymayan bir erkekle, şu anda benim odamın üstündeki odada uyuduğunu düşününce içimi tarif edilemez bir huzursuzluk kapladı. Yine tüm kalbimle Seizō'yu lanetledim. Seizō'nun varlığına lanet ettim. En ufak bir sesi bile dikkatle dinlerken aklımdan utanç verici düşünceler geçiyordu. Yağmur dinmiyordu. İlerdeki odadan bir hizmetçinin horlaması duyuluyordu. Tıpkı denizde yüzerken olduğu gibi tüm gücümle ellerimi ve ayaklarımı gerip kıvranmak, yüksek sesle çığlık atmak isteyen bir ruh halindeyken, bir anda romantik, rüyada gibi mahzun bir ruh haline geçiyordum ve sonra gözyaşlarım dökülüyordu.

Bu karmakarışık ruh haline bir de günün yorgunluğu eklenince sadece ve sadece gökle yer arasında, bir aşağı bir yukarı gidip geliyormuş hissiyle yaklaşık bir saatten fazla bir zaman geçirdim.

Sonra birden kulağıma bir ses çalındı. Son derece zayıf bir sesti ama o gece her şeye karşı hassas olan kulaklarım, net olarak bunun bir insan sesi olduğunu söyledi. Yattığım yerde doğrulup dinledim. Ses yeniden duyuldu. O anda, son derece zayıf da olsa sanki birinin inleme sesi duyuldu. Hem de tam olarak kaldığım odanın üstündeki odadan!

Tüm bedenimin titrediğini hissettim.

Ansızın, henüz daha çocukken, köydeki amcanın evinde kaldığım zamanlarda, karanlık bir gecede amcamla karısının yatak odasından gelen sesleri hatırladım. Sonra utanmış bir hâlde titreyerek hemen yorganı kafama kadar çekip saklandım.

Bir süre sonra kafamı yorganın altından çıkardım ve birinin konuştuğunu duydum. Sonra tamamıyla yataktan kalkıp üst kata odaklandığımda bu kez biraz tuhaf bir duyguya kapıldım.

Bu açıkça çocukken duyduğum insan seslerinden farklıydı. Hatta dinledikçe gitgide bu sesin çok daha farklı olduğunu anladım.

Kesinlikle Seizō küfrediyordu. Son derece alçak ama öfkeli bir sesti.

Nefesimi tutup kulak kabarrtım. O sırada birden kendi adımı, "Ōdera"yı duydum. Hemen ardından Michiko'nun sesine benzeyen bir inleme sesi duyuldu.

Artık şüphem kalmamıştı. Seizō kesinlikle Michiko'yla benden şüpheleniyordu. En azından benim yüzümden Michiko'yu incitiyordu. Sessizce ama hızla ayağa kalktım. O andaki hislerim tamamıyla bir şövalyenin hisleri gibiydi. Şeytanın eziyet ettiği bir prensesi kurtarmaya gider gibi odadan çıkıp üst kata koştum.

Bir çiftin yatak odasının kapısında durup içeriyi dinlemenin utanç verici olduğuna şüphe yok. Ama benim o anki hislerim her şeyi bütünüyle kutsallaştıracak nitelikteydi. Benim için acı çeken günahsız bir kadını kurtarmaya gidiyordum. Evet, öyleydi. Bunu düşünerek hiç çekinmeden içeriyi dinleyip durumu anlamaya çalıştım.

Yaz mevsimi olmasına rağmen bu odanın koridora bakan tarafındaki sürgülü kapı kapalıydı. Ama kapının arasındaki boşluktan içerisinin görüldüğünü fark ettim. Hızlıca oraya yanaşarak, o boşluktan gizlice odayı gözetlemeye başladım.

Bulunduğum yerden başucu lambası net olarak görülüyordu. Lambanın aydınlattığı beyaz cibinliğin diğer yanında ayakta duran Seizō'nun, hafifçe öne eğilip çömelmiş olduğunu açıkça görebiliyordum. Bunu fark ettiğim an, Seizō mırıldanır gibi, "Sen Ōdera'yı seviyorsun demek!" dedi.

Seizō'nun çömeldiği yerin karşısını görebilmek için umutsuzca sürgülü kapıyı biraz daha araladım ve o anda az kalsın çığlık atacaktım.

Düşünebiliyor musunuz, benim sevgili Michiko'm, belden üstü çıplak ve elleri arkasından sıkıca bağlanmış bir hâlde yerde yatıyordu. Ve Seizō her "Ōdera" dediğinde, acı çeker gibi görünen Michiko cılız bir sesle inliyordu.

Artık dayanamıyordum. Benim yüzümden Michiko böyle acı çekiyordu. Bunu görmeye nasıl tahammül edebilirdim ki! Hemen kapıyı bir tekmeyle devirip odaya dalmayı düşündüm. Sonra bir an durdum; Michiko'nun kocasının bu sorusuna tam olarak ne cevap verdiğini duyabilmek için...

O anda, Seizō'nun elinde parıldayan bir şey görünce daha fazla dayanamadım.

"Ne diyorsun, söylemeyecek misin?" diyen Seizō'nun, Michiko'nun yanağına yaklaştırdığı elinde bir bıçak olduğunu açıkça gördüm. Aynı anda, alçak ama güçlü bir sesle "Ahh! Acıyor!" diyen, Michiko'nun sesine benzeyen bir ses duyunca, artık sürgülü kapıyı tekmeleyerek odaya girdim. İçerdekiler elbette şaşırmıştı.

Benim, "Ne yapıyorsun?" diyerek içeri dalmamla, Seizō'nun şaşırarak, "Neler oluyor? Kim o?" diye bağırarak ayağa kalkması bir oldu.

Delirmiş gibi odaya daldığım anda cibinliğe çarpmıştım galiba. Kancaları yerinden çıkmış, sallanıyordu. Ne ara olduğunu bilmiyorum ama Seizō ve ben, bir anda cibinliği bir kenara itmiştik.

Michiko hemen yanımızda yerde bağlanmış hâlde yatarken, Seizō'yla birbirimize dik dik baktık. O anda muazzam bir sessizlik oldu. Seizō nihayet ilk şaşkınlığını atıp kendine gelmiş gibiydi. Sağ elinde bıçak, karşımda duruyor ve bana bakıyordu.

İşte tam o andan itibaren, cehenneme düşmeye başladım. Bu tuhaf sessizliğin bozulduğu an, orada bulunan üç insanın hayatı sonsuza dek lanetlenmişti.

Sessizliği bozan Michiko oldu.

"İchirō-san, sen bir aptalsın! Gerçekten! Hah hah haa..."

Orada iki eli bağlı hâlde yerde yatan ve eziyet edilen Michiko'nun söylediği bu acayip sözler dünyamı altüst etti! Ahh, Michiko'nun o sözleri! O gülüşü!

Kafamda sanki şimşek gibi bir ışık parladı. Yıldırım çarpmış gibi hissettim ve orada taş kesilmiş gibi öylece kalakaldım.

Beynimin kafamın içinde çalkalandığını hissederken daha fazla dayanamayıp oraya çöküverdim.

Şimdi burada hapisteyken, o anda olanlara dönüp bakıyorum ve o zamanki durumu olabildiğince detaylı olarak hatırlamaya çalışıyorum.

O sırada pek çok duygu aynı anda üstüme çullanmış gibiydi ve neredeyse tarif edilemez hisler içindeydim. Ama şimdi, sakince dönüp o anları düşündüğümde, gerçekler tek tek ve canlı bir şekilde aklıma geliyor.

Michiko'nun söylediği o sözler benim için yeterliydi. Fazlasıyla yeterliydi.

Benim şimdiye kadar bunu fark etmemiş olmam ne kadar aptalcaydı. Ne Seizō ne de Michiko normal bir cinsel hayatı olan insanlardı. Onların burada yaptığı, tamamıyla sapkın bir seks oyunundan başka bir şey değildi. Seizō'nun benden hoşlanmadığı doğruydu ama zaten böyle sapkın oyunlar sahneleyen bu ikilinin iyi bir hikâyeye ihtiyacı vardı. Benim adım, benden habersiz, bu tiyatroda önemli bir rol oynuyordu. Koca, karısından şüphelenip onu itirafa zorlamak için işkence yapar rolünü oynayarak tatmin oluyor, karısı ise işkence görmekten zevk alıyordu.

Tarifsiz bir utanç duygusuyla vuruldum ve oracıkta dizlerimin üzerine çöküverdim.

Ancak benim dünyamı altüst eden Michiko'nun o sözleri, daha da büyük bir trajediye neden oldu.

Artık Seizō'nun kendi arzularını tatmin etmek için beni figüran olarak kullandığına hiç şüphe yoktu. Ama gerçekten Michiko ile benden şüphelenmemiş miydi?

Hayır, aslında yeterince şüphelenmişti. Bu orada, o odada açığa çıktı.

Bir düşünün, Michiko benim ansızın bu sahneye katılmamı alaycı bir gülüşle küçümserken Seizō bunu nasıl yorumladı acaba?

Dizlerinin üzerine çökmüş olan davetsiz misafiri görmezden gelerek, birden Michiko'ya doğru yürüdü ve yanına çömeldi. Sonra hızlı hızlı soluyarak, "Neden Ōdera buraya geldi?" diye sertçe sordu.

Seizō sahneledikleri bu oyunda, kendi repliğinden kendisi de heyecanlanmıştı. *"Oyun olduğunu düşündüğüm bu kurgu, belki de gerçek olamaz mı? Ya Michiko gerçekten Ōdera'yı seviyor ve bu oyun sayesinde çifte mazoşist duygularını tatmin ediyorsa?"* Seizō'nun böyle hissettiğine hiç şüphem yoktu. Hayır, aslında Seizō'nun o anki ciddiyeti, bütünüyle buna inanmaya başladığını gösteriyordu.

Michiko'nun susmaya devam ettiğini görünce, yeniden tekrarladı:

"Hey, seni kaltak! Gerçekten Ōdera'yla olmak istiyor musun?"

Eğer Michiko o anda Seizō'nun bu sözlerinin arkasındaki ciddiyeti görebilmiş olsaydı, bu trajedi gerçekleşmemiş olabilirdi.

Oysa Michiko buna dikkat etmemişti.

Her zamanki oyununu sergiliyormuş gibi son derece basitçe cevapladı: "Evet, belki de öyle."

Seizō'nun bunu duyduğu andaki yüz ifadesi tarif edilemeyecek kadar karmaşıktı.

Bir sonraki anda korkunç bir şey oldu.

Aniden öfkeli bir ses ve bir çığlık, aynı anda patlayıverdi. Ben şaşırmış bir hâlde Seizō'yu durdurmaya çalışırken o çoktan Michiko'yu göğsünün sağından bıçaklamıştı. Durumun ciddiyetini ilk kez fark eden Michiko çığlık atarak kıvranırken benim, "Seni şeytan!" diye bağırıp durdurmama fırsat kalmadan bıçağı bu kez Michiko'nun kalbine saplamıştı.

Aceleyle onu engellemeye çalışırken, Seizō şeytani bir görünümle bana yaklaşıyordu ama sonra ansızın, acıyla, "Ahh!" diyerek kendi göğsünü bıçaklamaya başladı. Ardından sürünerek kendi yatağına doğru ilerledi. Acı bir iniltiyle ağız dolusu kan kusması bir oldu ve öne doğru eğilerek yatağa düşüverdi. Şaşkınlık içinde ona yardım etmeye çalıştığımda, o kan içindeki korkunç dudaklarından beni lanetleyen sözler döküldü. Ama baktığımda, sağ elinde bıçağı tutuyordu ve görünüşe bakılırsa, yere düşerken sefil bir şekilde bıçak göğsüne batmıştı. Göğsünün sağ tarafından kan fışkırıyordu ve bıçak kimonosuna dolaşmış, vücuduna saplı hâlde duruyordu.

Doğru düşünme ve karar verme yeteneğimi yitirmiştim. Artık ne olacaksa olsun diye düşünüp birden bıçağı Seizō'nun göğsünden çekip aldım ve onu kenara doğru iterek (o anda masaya çarparak başını yaralamıştı) hemen oracıkta, o bıçakla kendimi öldürmeye karar verdim.

Ama tam o anda, alt kattaki uşak ve hizmetçiler odaya gelince bir an tereddüt ettim. Sonrasında Seizō'nun da Michiko'nun da benim adımı söylediğini, orada, açıkça duyudum.

Bunu duyduğumda, öylece hiçbir şey söylemeden ölemeyeceğimi düşündüm. Evet, acımasızca benimle oynayan bu kadından ve hiç düşünmeden kolayca benim zina yaptığıma karar veren kocasından intikam almadam duramazdım. Nasılsa ölecektim. Böyle düşünerek hiç direnmeden oracıkta teslim oldum.

Bunlar o gece yaşananların gerçek yüzüdür.

8

İntikam almaya karar vermiştim. Evet, Michiko beni oyuncağı yapmıştı. Kocasının onu sevmemesi, eziyet etmesi, tüm bunlar ne demekti? Bana gösterdiği o kollarındaki yaralar! Ah, şeytan! O zamanlar gerçekten ona acımıştım. Oysa hepsi yalandı, aldatmacaydı. Michiko, başta ben olmak üzere pek çok gençle alay etmişti. Michiko, sen gerçekten kocana olan sadakatini korumuştun. Ama kaç erkeğin kalbini kendine oyuncak yaptın? Bunun affedilebileceğini mi düşündün?

Pekâlâ, cehenneme giderken kesinlikle seni de yanımda götüreceğim.

Benim ölüm cezasına çarptırılmamım onursuzluğu elbette ki çok büyük ama senin hakkında zina yapmanın yanı sıra aptalca bir tutku yüzünden kendini öldürttü denilmesi de onurlu değil. Ölene dek beni lanetleyen Seizō'nun, karısını bir başka adama kaptırıp üzerine bir de öldürülmesi de onurlu değil. Sadece bir taşralı olan bu genç, bir zamanlar toplumda iyi tanınan siz ikinizin onurunu ve şerefini kurtarmaya hiç de hevesli değil.

Tutuklandıktan sonra bütün bir gün, tek bir kelime etmeden nasıl bir itirafta bulunmam gerektiğini düşündüm. Uzun uzun düşündüm. Sonra Oda çiftinden intikam almanın yanı sıra, kanunlardan da intikam almaya karar verdim.

Sonuç ne oldu? Bir düşünün; o sert bakışlı hâkim bana ölüm cezası verilmesinin sebebini Michiko'yla uzun bir süre zina yapmış olmak diyerek resmi bir belgeyle tüm dünyaya ilan etmedi mi? Michiko benimdi. Ve sonsuza kadar benim olacağı da mahkeme kararıyla beyan edilmişti.

Polis merkezindeyken hayal ettiğim hikâye –şeytanın ruhundan yarattığım hikâye– kanunlar tarafından tartışmasız olarak doğrulamıştı.

Ben o güzel Michiko'nun bedenine sahiptim.

Bunun karşılığı olarak, nasılsa artık bir işe yaramayan hayatımı almak istiyorlardı. Ne kadar ucuz bir bedel!

Artık bir cana ihtiyaç duymayan insanlar, ruhlarınızı şeytana satın! Hayatlarınızı bir değere dönüştürün. O zaman sizler için imkânsız diye bir şey olmayacaktır.

Adalet! Senin adına kimbilir kaç kez kan döküldü!

Kanun adamları! Şimdi burada yazdıklarıma inanmak veya inanmamaktan başka seçeneğiniz yok. Eğer inanacak olursanız, gücünüzün kırılganlığını hissedeceksiniz. Sizlerin benim tuzağıma düştüğünüzü varsayarsak, tamamıyla masum bir adamı ölüme mahkûm ettiniz demektir. Kendinizden utanmalısınız. Ve eğer bu yazdıklarıma inanmıyorsanız, sorun yok; bu zaten beklediğim bir şeydi. Sizler kanunları kullanarak, iffetli bir kadına –artık öldüğüne göre kendisini savunmak için elinden hiçbir şey gelmeyen bir kadına– zina denilen ve idam cezasından çok daha ağır olan bir damgayı sonsuza kadar vurdunuz demektir. Buna gülerim, tüm kalbimle gülerim!

Ahh, Michiko! Sevgili Michiko!

Sen benimsin. Benim aşkımsın...

Michiko! Ama...

Aslında sen, gerçekten yalnız değil miydin? Seizō'nun seni gerçekten sevmediği doğru değil miydi? Fiziksel ve cinsel olarak uyumlu bir çift olsanız bile duygusal ve zihinsel olarak yalnız değil miydiniz? Bana öyle olduğunu anlatmadın mı?

Eğer öyleyse, intikamım fazlasıyla korkunç ve zalimce olmuş demektir...

Michiko! Beni gerçekten sevmedin mi? Söyle, söyle bana! Ben zaten ölecek bir adamım.

Ahh, evet! Son söylediğin şey benim adımdı. "İchirō" derken, aslında bana seslenmediğini biliyorum. Ama sevdiğim kadının ölmek üzereyken söylediği o tek kelimeyi duymayacağımı mı düşündün?

Biliyorum, Michiko! Michiko! Sen o anda gerçeği söyledin. Seizō, "Ōdera... Ōdera..." deyince, onu duyar duymaz, bedeninde kalan son gücünle, onun sözlerini örtmeye çalışır gibi söyledin.

"Hayır... İchirō-san değil..." demeye çalıştığını...

Duydum, duydum. Tüm bedenimle dinleyerek sevdiğim kadının son haykırışını duydum.

Diğerleri bu cümlenin başını ve sonunu kaçırdılar. Ve duymaya alıştıklarını, sadece benim adımı duydular.

Eğer öyleyse, sen beni sevdin demektir, değil mi? Ahh, eğer öyleyse... Eğer bu doğruysa...

Şeytan! Gel şeytan! Kanatlarınla sar beni! Göğsümde kalan son insan kanını em!

Kadınlardan nefret ediyorum, Michiko'dan nefret ediyorum! Michiko kocasına sadıktı. Beni hiç sevmemişti. Ey şeytan! Şeytan gel ve ruhumu göğsümden söküp al. Ve sonsuza kadar yanında tut.

Michiko... Michiko bile ölürken adımı söyledi. Ne kadar nefret edilesi bir çift... İkinize de lanet olsun.

Kanunlar, size lanet olsun!

Kadınlar, size lanet olsun!

Ahh, yine de şüpheliyim... Ya eğer...

Michiko gerçekten beni...

9

Bu tuhaf hatırat burada bitiyor. Şeytanı çağıran Ōdera da her şeyden önce bir insanmış gibi görünüyor ve bundan sonrasını yazmaya devam edememiş gibi satırları bu noktada bitiveriyor. Kâğıdın sağında solunda gözyaşlarının izleri görülüyor.

Bu hatırat hakkında hiçbir şey söylemeyeceğim. Gerisini sadece sizlerin tahmin ve hayal gücüne bırakıyorum. Bizler Ōdera'nın içten ve dokunaklı sözlerine inanmalı mıyız? Yoksa temelsiz ve fantastik zırvalar olarak gömmeli miyiz?

Bu zavallı gencin öldüğü âna kadar umursamış olabileceği tek şey, Michiko'nun gerçekten yalnız olup olmadığı, İchirō Ōdera'yı gerçekten sevip sevmediği, yoksa kocasıyla arasının iyi olduğu ve Ōdera'yı bir oyuncak gibi kullanmaktan öteye gidip gitmediğiydi; o sadece bunları bilmek istiyordu.

Michiko'ya gelince, muhtemelen kocasını sevmediği, yine İchirō Ōdera'yı da sevmediği ve onunla sadece oynadığı bir konumdaydı.

Sapkın arzuları olan insanlarda sıklıkla görülen bir şeydir; fiziksel olarak mazoşist, duygusal ve zihinsel olarak bunun tam tersi olan insanlar vardır.

Servet uğruna zorla evlendirilen Michiko'nun, bedenini kocasının zulmüne bırakırken aslında duygusal ve zihinsel olarak bütünüyle ters bir konumda olabileceği düşünülemez mi?

Eğer öyleyse, Michiko içten içe kocasıyla oynarken Ōdera'yı da oyuncağı yapmıştı. Böylece aynı zamanda iki erkekle de alay etmişti.

Gerçekten böyle ise kendisi tarafından körüklenen kocasının kıskançlığı yüzünden hayatını kaybetmiş demek oluyordu.

Ancak öyle görünüyor ki saf bir genç olan Ōdera, böylesine karmaşık bir durumu hayal edememişti.

Michiko'nun, ya kocasını gerçekten sevdiğini ya da kendisini içten içe sevdiğini – Ōdera sadece bu iki olasılığı düşünmüştü. Fakat elbette ki bu anlaşılmayacak bir durum değildi.

Her iki durumda da ben bu trajedinin kurbanlarının ölümlerinden sonra huzur içinde olmaları için dua ediyorum.

Belki de gerçekte işlemediği bir suç yüzünden ölmüş olabilecek o güzel genç adam için dua etmeyi unutmuyorum. Yine belki de gerçekte hak etmediği kirlenmiş bir isimle yaftalanmış hâlde toprağın altında uyuyan Michiko'nun da mezarından çiçekleri eksik etmemeye dikkat ediyorum.

SON